Verkorkster Heiligabend

Ilke Müller

Verkorkster Heilig Abend

Gelangweilt saß Maik Storm in der Hotellobby des Burghotels mitten im verschneiten tiefen Westerwald und wartete auf seine Chefin, die mit ihrem Klienten zu einem Meeting in der Verwaltung saß und ein Beratungsgespräch führte. Dabei wäre er viel lieber schon bei seinen Eltern gewesen, um mit ihnen den Heiligabend zu feiern. Aber sein Job als Chauffeur bei Elisabeth Saunders vermieste ihm dieses kleine Glück der Weihnachtsfreude. Ausgerechnet an so einem Tag. Was nur konnte so wichtig sein, dass man es nicht hätte auf das nächste Jahr verschieben können? Und das auch noch bei diesen momentan schlechten Wetterverhältnissen. Den ganzen Morgen schneite es schon und hatte die Landschaft in ein weißes Kleid gehüllt. Im Grunde lieferte die Wetterlage die optimale Bedingung, um ein schönes Weihnachtsfest bei Lebkuchen und Glühwein zu feiern. Aber Geschäftsleute kannten nun einmal keine Gnade; und wenn es um einen guten Abschluss ging, der eine Menge Kohle verhieß, setzte auch seine Firma alles daran, das Geschäft zügig abzuwickeln, bevor ein anderer ihnen den Auftrag wegschnappte. Da stand die Weihnachtsromantik nun mal an zweiter Stelle. Dabei sah Maik in diesem Fall keinerlei Gefahr, dass den Saunders ein Vorteil verloren gehen könne. Das Burghotel, am höchsten Standort im Westerwald, stand schon seit Jahren auf der Kundenliste und nahm immer wieder gerne die Beratung von Saunders Industries in Anspruch und ist auch nie enttäuscht worden. Und mal ganz ehrlich, was konnte über die Feiertage so wichtig sein, dass eine Beratung beanspruchte?

Die junge und hübsche Frau von der Lobby kam erneut auf Maik zumarschiert. An diesem Vormittag war sie der einzige Lichtblick und teilte mit ihm ein ähnliches Schicksal. Genauso wie er musste sie ihren Dienst hier im Hotel ableisten. So, wie es halt Menschen gab, die unbedingt Geschäfte abwickeln wollten, so gab es auch jene, die über diese Feiertage ihren Urlaub genossen in winterlich, romantischer Idylle.

Warmherzig lächelnd schaute die junge Frau auf ihn nieder. »Herr Storm«, sprach sie ihn sanft an, »kann ich Ihnen noch etwas bringen?«

Kontrollierend ließ Maik seine Blicke auf dem niedrigen Tisch vor ihm wandern. Eine Schale mit Plätzchen stand dort, neben einem Teller mit bunt gemischten Süßigkeiten. Eigentlich fehlte es ihm an nichts, außer einem guten Drink. Aber da lag leider noch die lange Heimfahrt vor ihm, die er noch bewältigen musste und das an diesem ziemlichen verschneiten Tag, der besonders viel Fahrkünste von ihm abverlangte. Aber trotz seiner schlechten Laune blieb Maik höflich, zumal die junge Frau sehr freundlich mit ihm umging und auch sehr hübsch dazu aussah.

»Wenn ich noch einen Kaffee haben könnte?«, fragte er höflich.

»Selbstverständlich«, antwortete sie liebevoll, beugte sich vor und griff nach seiner Tasse. Erneut konnte er einen kurzen Einblick in ihr Dekolletee erhaschen. Ein strammer Busen, der ihm einen kleinen Moment der Glückseligkeit vermittelte. In seinen Gedanken malte er sich aus, die junge Frau an die Hand zu nehmen und zu fliehen, um dem Arbeitsalltag zu entkommen. Sie würde ihn wahrscheinlich auch als ihren langersehnten Retter ansehen.

Nicht das Maik ein Frauenheld gewesen wäre, aber mit seinen 29 Jahren war er ein gestandener Kerl und sportlich gut durchtrainiert, was daher rührte, dass er zweimal in der Woche auf dem Fußballfeld stand, sofern sein Job es zuließ. Seit drei Jahren jedoch wurden seine Trainingseinheiten immer rarer. Neben seiner eigentlichen Tätigkeit als Mechatroniker, wo er bei den Saunders den Fuhrpark wartete, durfte er nebenher den Chauffeur für Junior-Chefin Elisabeth mimen. Nicht immer ein Vergnügen, wenn Feiertage dabei zum Opfer fielen, aber dafür wurde er wenigstens anständig entlohnt, obwohl er viel lieber gesehen hätte, Senior-Chefin Saunders würde endlich ihre Zusage einlösen und den Meisterkurs bezahlen und ihm die Werkstatt überlassen. Aber sie dachte gar nicht daran, ihn von seinen Fahrdiensten zu erlösen. Dabei konnte er nicht unterscheiden, ob er diese Aufgabe erfüllen musste, weil er das absolute Vertrauen der Saunders genoss, wenn man von Genuss überhaupt reden konnte, oder ob es einem Rechenexempel zu Grunde lag und diese Kombination einfach günstiger kam für die Firma. Dabei mussten die Saunders nicht auf den

Cent schauen. Sie hatten im Laufe ihres Lebens ein Vermögen angehäuft. Der Erfolg halt eines geistreich geführten Unternehmens.

Dr. Emil Saunders war Rechtsanwalt und PR Berater und betreute in der gesamten Bundesrepublik größere Firmen und hielt auch Vorträge zu diesen Themenbereiche. Im Ganzen bot er eine breite Palette von Dienstleistungen an. Mit seinen vielen Partnern, Architekten und Bauunternehmer bot er von der Planung eines Projektes, sei es nur ein Haus, das gebaut und finanziert werden musste, oder eine Firmengründung, konnte er von der Planung bis hin zur Durchführung und PR- Beratung, Finanzierung und Geldanlage alles anbieten. Vor einigen Jahren stieg auch noch seine Tochter Elisabeth ins Unternehmen mit ein, mit großem Erfolg. Sie setzte mittlerweile den Löwenanteil des Vermögens um und zog immer wieder neue Aufträge an Land, wobei sie auch ganz gerne ihren Charme einsetzte. Eine Frau die durch und durch auf die Finanzwelt abgerichtet wurde.

Jahrelang glaubte Maik dabei nicht einmal an die Existenz dieser Frau. Außer einem alten italienischen Sport-Cabrio wies nichts auf Elisabeth Saunders hin, zumal dieses Cabrio auch noch über die Firma lief, welches er regelmäßig warten musste, wenn Elisabeth die Semesterferien Zuhause verbrachte. Die Sekretärin der Saunders übergab ihm dann die Papiere nebst Schlüssel zu dem Wagen und erteilte ihm den Wartungsauftrag. Gesehen hatte er Elisabeth nie und so glaubte Maik, diese Frau sei bloße Fiktion ihrer Eltern, was sich ja später irgendwann als falsch erwies.

Anfänglich herrschte ein sehr unterkühltes Beschäftigungsverhältnis zwischen ihm und Elisabeth, was auf einem sehr speziellem Grund lag.

Eines Tages stand seine Chefin Vera Saunders persönlich Morgens in der Werkstatt, was sehr ungewöhnlich war. Handwerklicher Arbeit ging sie weitgehend aus dem Weg, doch hier sah sie ein notwendiges Übel, ihn persönlich aufzusuchen.

In ihrer typisch herrschsüchtigen Art trat sie an Maik heran. Ihre rote Betonfrisur, die wie ein Helm auf dem Kopf saß, leuchtete dabei bedrohlich. Mit ihren damals Anfang fünfzig und ihrer leicht untersetzten, mittelgroßen Figur, glich sie eher einem Feuermelder. Sie reichte Maik die vollständigen Papiere und Schlüssel des Wagens, was er als äußerst merkwürdig empfand, dass er außerhalb der Semesterferien, den Wagen in seine Obhut bekam. Die Auflösung erfolgte sogleich.

»Meine Tochter wird den Wagen nicht mehr fahren«, gab Vera unmissverständlich und auf schnippische Art zu verstehen.

Enttäuscht nahm Maik die Gegenstände an sich. »Schade, es ist so ein herrlich schönes altes Cabrio.«

»Alt«, entgegnete sie ungehalten, »genau das ist der Grund. Das Vehikel ist nicht mehr sicher genug für meine Tochter.«

Maik verstand ihre Besorgnis nicht. »Aber der Wagen ist vollkommen in Ordnung...«

»Widersprechen Sie mir nicht«, fuhr sie ihn an, worauf Maik eingeschüchtert zurückscheute, »melden sie ihn ab und machen Sie damit, was Sie wollen. Am besten verschrotten.«

»Okay«, antwortete Maik gehorsam, »Sie sind der Boss.«

»Wir verstehen uns«, entgegnete Vera selbstzufrieden, »der Wagen steht an gewohnter Stelle.« Mahnend schaute sie Maik an. »Ich wünsche, dass meine Tochter diesen Wagen nie wieder zu Gesicht bekommt. Und machen Sie schnell.« Grübelnd schaute sie ihn an. »Die Abmeldung können Sie dann in meinem Büro abgeben.«

Maik schaute Vera grüblerisch an. Der Gedanke den Wagen zu verschrotten behagte ihm gar nicht, zumal das kleine Fahrzeug bei Liebhabern noch hoch gehandelt wurde.

»Haben Sie mich verstanden?«, herrschte Vera ihn an, als sie nicht unverzüglich eine Reaktion von Maik erhielt.

Aufgerüttelt nickte Maik bestätigend, »Ja«, antwortete er brav, worauf Vera sich abwandte und durch das große Rolltor hinaus stapfte. Bedauernd wog Maik den Wagenschlüssel in seiner Hand und grübelte erneut. Verschrotten, hallte ihm noch Veras Befehl im Kopf, worauf er widerstrebend seinen Kopf schütteln musste. Nein, entschied er und nahm seinen anfänglichen Gedanken wieder auf. Verschrotten auf gar keinen Fall. Der Wagen würde ihm auf dem Oldtimer-Markt noch eine beschauliche Summe einbringen. Dieses Geschäft wollte er sich auf keinen Fall entgehen lassen.

Um als ein guter Angestellter zu wirken, befolgte Maik sofort den Befehl seiner Chefin und wanderte zum Parkplatz vor dem großen Bürogebäude und holte den Wagen ab. Er fuhr diesen kleinen schnittigen Wagen durch das große Rolltor und fuhr ihn in eine abgelegene Ecke der großen Werkstatt. Dort warf er eine große Plane darüber, nachdem er die Nummernschilder abmontiert hatte.

Es vergingen ein paar Tage, bis Maik die Zeit fand, den Wagen abzumelden, worauf er von Vera einmal ermahnt wurde, weil es ihr zu lange dauerte. Um keine weitere Zeit zu vergeuden und um Vera nicht weiter warten zu lassen, machte er sich gleich nach der Abmeldung mit der Bescheinigung vom Verkehrsamt auf in ihr Büro. Wie gewohnt wollte Maik an der Tür anklopfen, aber ein neues Schild an der Wand ließ ihn stutzen.

Elisabeth D. Saunders stand auf dem milchigen Schild, das neben der Tür an der Wand hing, die Elisabeth als Prokuristin auswies. Verwirrt schaute Maik um sich, weil er glaubte sich in der Etage geirrt zu haben. Dem war aber nicht so. Ein verzücktes Grinsen huschte ihm dann übers Gesicht, weil ihm ein netter Gedanke in den Sinn kam. Dann geht der alte Drache wohl in Rente, sinnierte er und freute sich gleichermaßen, dass er Elisabeth Saunders auch mal zu Gesicht bekam, die offensichtlich nun ihr Studium abgeschlossen hatte.

Mit einem kräftigen Klopfen meldete er sich an und wurde von einer sanften Stimme hereingerufen. Eine junge und hübsche fremde Frau saß im Vorzimmer. Frau Doberschütz hieß die Dame, so wie das Namensschild auf dem Schreibtisch ihm verriet. Elisabeth Saunders neue Sekretärin resümierte Maik. Verzückt musste er ein begeisterndes Pfeifen zurückhalten, als er an ihren Schreibtisch trat. Mit ihrer schlanken Figur, ihrer eleganten Kleidung und ihrem brünetten welligen Haar, das auf ihren Schultern lag, glich sie einem Modell, und da Maik wusste, dass in der Firma nur begabte und überqualifizierte Mitarbeiter eingestellt wurden, hielt er sie zudem auch noch für sehr intelligent.

Er lächelte die junge Frau freundlich an. »Maik Storm«, stellte er sich vor und reichte der Frau seine Hand, die ihn ebenfalls nett grüßte, »Sie sind neu hier?«, setzte er gleich eine neugierige Frage nach, wobei er mächtig seinen Charme herauskehrte.

Etwas irritiert nickte Doberschütz. »Ja.«

»Fein«, lächelte Maik, »dann sehen wir uns ja künftig öfters.«

»Das wird sich wohl nicht verhindern lassen«, antwortete sie geschäftig und schaute ihn streng an, »ich hoffe, mir bleiben dann Ihre Flirtversuche erspart.«

Maik fuhr ermahnt zusammen. Verdammt, dachte er, er hatte wirklich mit ihr geflirtet. Das sollte er in der Firma dringend vermeiden, vor allem bei neu eingestellten Kolleginnen, von denen man nicht einmal wusste, ob sie verheiratet waren. »Ich soll hier etwas abgeben«, lenkte er das Thema auf den eigentlichen Grund seines Besuches und deutete zur Bürotür, die in Veras altes Büro führte. »Ist Frau Saunders in ihrem Büro?«, hakte er nach, um nichts unversucht gelassen zu haben, mal einen Blick auf seine neue Chefin werfen zu können.

»Nein«, antwortete Doberschütz, »das Büro wird renoviert.«

»Aber Frau Saunders Junior gibt es?«, forschte er wissbegierig nach.

Mit vorgezogener Schnute und etwas irritiert schaute Doberschütz nachdenklich zu Maik auf. »Ja«, bestätigte sie.

»Schön«, antwortete er zufrieden, »ich hatte immer geglaubt, die Frau existiert bei den Saunders nur in deren Phantasie.« Er musste lachen. »Und?«, hakte er gespannt nach, »sieht sie wirklich so gut aus, wie ihre Eltern behaupten, oder gleicht sie eher der Mutter.«

Zunächst zuckte Doberschütz unschlüssig mit der Schulter und war schon mächtig irritiert, mit welcher Offenheit er mit seiner persönlichen Einschätzung der Chefin gastierte. »Ja«, sagte sie dann entschlossen, »ja, ich denke man kann sie als gut aussehend bezeichnen.«

Maik schaute die junge Frau kurz fest an. »So wie Sie?«, schmeichelte er und erhielt ein rügendes Räuspern zur Antwort.

»Sie versuchen es schon wieder.«

Entwaffnend erhob Maik seine Hände. »Sorry. Ich bin nur wahnsinnig neugierig.« Er verzog sein Gesicht zu einem versöhnlichen Lächeln. »Immerhin habe ich jahrelang ihren Wagen gewartet, ohne sie jemals gesehen zu haben.«

»Dann will ich Ihnen das mal nachsehen«, sagte sie verständnisvoll.

Ihre Antwort kam bei Maik wie ein Freibrief an, der ihm erlaubte sie weiter auszuhorchen. »Ist sie nett?«, bohrte er nach, »oder...?«, er verschluckte vorsichtshalber den Rest vom Satz.

Doberschütz stieß verblüfft Luft aus. »Ich komme gut mit ihr klar«, entgegnete sie, woraus Maik schloss, dass mehr ein gezwungenermaßen gutes Zurechtkommen bestand. Er ging nicht näher drauf ein.

»Na dann«, sagte er, »versuch ich später nochmal mein Glück.« Er salutierte ihr vergnügt zu. »Frau Doberschütz«, nannte er sie gewichtig, »einen schönen Tag noch.« Er wandte sich zackig ab.

»Saunders«, verbesserte die junge Frau und bewog Maik damit zur Umkehr.

Irritiert zog er seine Brauen zusammen und beäugte das Namensschild auf dem Schreibtisch. Trockenheit blockierte seine Stimme und erst nach mehrmaligem Schlucken wiederholte er den Namen. »Saunders?«

»Elisabeth Saunders«, vervollständigte sie ihren Namen und schaute ihn dabei streng an.

Eingeschüchtert zog Maik eine freundliche Grimasse. »Die, Elisabeth Saunders?«

Elisabeth, die sich selber lieber Liz nannte, nickte. »Genau die.«

Ängstlich würgte Maik einen Kloß herunter. »Entschuldigung, ich dachte Sie seien Frau Doberschütz«. Nervös deutete er auf ihren Schreibtisch.

»Nein, Frau Doberschütz kommt erst übermorgen, und da mein Büro noch nicht vollständig eingerichtet ist, benutze ich ihren Schreibtisch solange«, erklärte sie.

Maik nickte bedacht und hoffte auf Gnade. »Ich hoffe, Sie halten mich nicht für dreist.«

»Nein«, antwortete Liz kühl, »aber für ein wenig zu direkt und unbedacht«, maßregelte sie ihn.

»Das mit Ihrer Mutter habe ich nicht so gemeint«, schob er vorsichtshalber gleich eine Entschuldigung nach.

»Sie sollten sich nicht für Dinge entschuldigen, die Sie so meinen«, entgegnete sie und verwirrte ihn damit, bekam aber kaum Zeit darüber nachzudenken. Liz erhob sich und streckte ihren Arm über den Tisch. »Wollten Sie nicht was abgeben, für mich?«

Hastig griff Maik in seine Arbeitsjacke und reichte Liz die Abmeldebescheinigung. »Hi.. hier«, stammelte er und fuhr seinen Arm ebenso hastig wieder ein, nachdem Liz ihm den Zettel entrissen hatte und ihn überflog. Dann wurde er von einem wütenden Blick erfasst.

»Wieso haben Sie meinen Wagen abgemeldet?«, wollte sie wissen.

Ängstlich trat Maik vorsichtshalber einen Schritt zurück. »Ihre Mutter hat es mir aufgetragen.«

»Ach ja?« wütete sie ungläubig, »ohne mir was zu sagen?«

Ratlos erhob Maik seine Arme und trat noch einen Schritt zurück. »Sie hielt den Wagen für zu alt«, erklärte er eingeschüchtert.

Aufgebracht kam Liz um den Schreibtisch herum, doch bevor sie mit einem Wutanfall fortfahren konnte, riss jemand die Tür auf und schlug diese Maik ins Kreuz, der laut aufstöhnte, einige Schritte nach vorne katapultiert wurde und gegen Liz prallte, die auf ihn zugeschritten kam. Geistesgegenwärtig packte Maik sie an den Schultern und hielt sie fest, da sie sonst unaufhaltsam rückwärts zu Boden gestürzt wäre.

»Elisabeth!«, schrie Vera entsetzt auf, die ihre Tochter schon auf dem Boden landen sah und schaute Maik dann peinlich berührt an, »Herr Storm. Das tut mir leid«, stieß sie hastig aus.

Einen Moment hielt Maik Liz noch fest, bis er sicher sein konnte, dass sie wieder sicher stand und die gleich wieder aufbrauste.

»Mensch Mama!«, rief sie Vera zu, »kannst du nicht anklopfen?«

Beschwichtigend erhob Vera ihre Hände. »Entschuldige«, bat sie nett und verblüffte Maik mit dieser sanften Art. Sie schaute ihn bedauernd an und fragte: »Habe ich Sie verletzt?«

Lahm schüttelte Maik seinen Kopf. »Nein.«

»Gut«, antwortete Vera und fand zu ihrer alten Form zurück, »gut, dass Sie hier sind. Ich muss mit Ihnen sprechen.«

Angekratzt verschränkte Liz ihre Arme. »Ja«, warf sie dazwischen und sah ihre Mutter vorwurfsvoll an, »und gut, dass du da bist.«

Argwöhnisch ließ Vera ihrer Tochter einen mahnenden Blick zukommen. »Was bist du so zornig?«

Entwürdigt reichte Liz ihrer Mutter den Abmeldebeleg. »Kannst du mir mal sagen, was das soll?«

»Herr Storm hielt den Wagen nicht mehr für sicher genug«, erklärte Vera, worauf Maik entsetzt die Kinnlade herabfiel, mit was für einer Abgebrühtheit sie ihm die Schuld zuschob, worauf er von Liz mit einem verächtlichen Blick bestraft wurde, der ihn zum Lügner stempelte.

Am liebsten hätte Maik jetzt hier gerne etwas richtig gestellt, aber nach seinen vorlauten Äußerungen traute er sich nicht und sah sich schon im Jobcenter stehen und um Arbeit betteln, was nun wohl unweigerlich folgen würde, wenn Liz nun über seine bösen Bemerkungen Rapport ablieferte, aber die war mit ganz anderen Dingen beschäftigt.

»Ach«, warf Liz ungehalten dazwischen und schaute ihre Mutter vorwurfsvoll an, »und das glaubst du einfach so? Der Wagen hatte den TÜV erst neu.«

»Herr Storm sah das aber anders«, konterte Vera und schaute Maik dabei bedeutsam an, als sähe sie einen Verbündeten in ihm, »außerdem kannst du eh nichts mehr ändern. Der Wagen ist verschrottet und ja, ich habe es angeordnet, weil mir deine Sicherheit wichtig ist.«

Von dem Blick ihrer Mutter gewarnt, hielt Liz inne, obwohl ihr zum Schreien zu Mute war. Aber Streitereien vor dem Personal auszufechten schickte sich nicht.

»Außerdem«, fuhr Vera fort, »möchte ich nicht, dass du alleine zu den Klienten fährst.«

Gleichermaßen gespannt, was nun folgte, wurde Vera von Maik und Liz kritisch beäugt.

»Herr Storm wird dich fahren«, setzte sie zur Erklärung nach.

»Was?«, stieß Liz entsetzt aus, während bei Maik die Gesichtszüge entglitten, »ich kann doch selber fahren.«

»Es ist mir einfach zu gefährlich, dich alleine zu den hungrigen Wölfen zu schicken.«

Liz stockte für einen Moment der Atem. »Ja aber...«

Mit ablehnender Gestik kam Vera ihrer Tochter zuvor. »Du wirst mir irgendwann dafür dankbar sein. Außerdem kommst du so ausgeruht zu den Verhandlungen und kannst dich besser darauf konzentrieren und musst auch nicht über Nacht bleiben, wenn du nach den Verhandlungen todmüde bist. Das spart Zeit und Geld.« Sie atmete schwer und theatralisch. »Und als renommiertes Unternehmen müssen wir schon etwas stilvoll auftreten, und Herr Storm wird dir sozusagen auch als Bodyguard zur Seite stehen.«

Liz reagierte mit einem zynischen Lachen. »Und du hältst Herrn Storm dafür geeignet?«

Bei dieser Frage setzte bei Maik Atemstillstand ein. Er rechnete nun, dass Liz ihn outete, doch Vera legte schnell eine Erklärung nach.

»Ja«, antwortete sie überzeugt, »schließlich hat er sich jahrelang um deine Sicherheit gekümmert.«

Schlagartig legte Liz eine friedfertige Miene auf, die Maik aber nicht für echt hielt. »Na schön«, legte sie bei, »wenn du's für klug hältst.«

Nun befand Maik, mal seine Meinung dazu zu äußern. »Aber, wie soll ich denn dann noch die Werkstatt betreiben, und außerdem haben Sie...«

»Ich weiß«, unterbrach Vera ihn, »ich habe Ihnen die Leitung der Werkstatt versprochen.« Mit beschwichtigender Gestik fuhr sie fort. »Den Meisterkurs habe ich auch nicht vergessen. Wir werden es nur um einige Zeit verschieben.«

Enttäuscht stieß Maik Luft aus. »Na schön«, gab er nach. Nach seinen großen Patzern wollte er auch keinen massiven Widerstand leisten, der ihm hier den Kopf kosten konnte. Was ihn wiederum etwas irritierte, war, warum Liz ihn jetzt nicht verriet. Sollte dies ein geschickt eingefädelter Rachefeldzug werden?

»Nun seinen Sie nicht so enttäuscht«, redete Vera ihm Mut zu. »Es wird nur kurzfristig sein, bis wir einen geeigneten Fahrer gefunden haben. Und so viele Fahrten wird es auch nicht geben, so dass Sie Ihrer Tätigkeit immer noch nachkommen können. Außerdem kann Ihr Kollege ja mal ein paar Überstunden einlegen.«

Aufgebend nickte Maik und durfte sich anschließend einen dicken Katalog an Verhaltensregeln anhören, den sich Liz ersparte und die Flucht ergriff, indem sie einen belanglosen Grund vorgab.

Vera stolzierte vor Maik hin und her, als sie mit ihrem Vortrag anfing. »Sie sollen meine Tochter beschützen«, erläuterte sie, »nicht so wie einen Politiker, mehr diskret, aber wenn nötig auch einschreiten. Aber...«, warnte sie, »kommen Sie ihr ja nicht zu nahe. Diskretion. Haben Sie das verstanden?«

Wie ein armer Schuljunge nickte Maik.

»Sie werden dunkle Anzüge tragen«, fuhr sie fort und beäugte ihn beim Vorbeischreiten, »Sie werden den Schneider meines Mannes aufsuchen.« Sie stoppte ab und musterte Maik gründlich. »Und zum Frisör müssen Sie auch.«

Gedanklich sackte Maik zusammen. Auch das noch. Ein Eingriff in seine Privatsphäre. Nun musste auch noch seine Haarpracht leiden.

Dabei trug er nur langes Deckhaar, das flott zur Seite gekämmt lag. Die Ohren frei und im Nacken gestutzt. Damit aber noch nicht genug.

Der gesamte Vortrag dauerte fast eine Stunde lang. Völlig erschöpft traf Maik irgendwann in der Werkstatt ein, ließ sich auf seinen Sessel sacken und seinen Kopf auf den Schreibtisch sinken. Er döste eine Weile und hoffte, dass ihn jemand zwickte und ihn aus diesem Alptraum erlöste.

Es vergingen nur wenige Tage, da besaß Maik schon seine vollständige Dienstkleidung. Zwei maßgeschneiderte dunkle Anzüge durfte er zu seinem Eigen zählen, dazu ein halbes Dutzend weiße Hemden und hochglanzpolierte Schuhe und eine Dienstmütze und nur weitere wenige Tage stand schon die erste Tour an, wobei ein freier Samstag für ihn verloren ging.

Auf gute Laune trainiert stand Maik an der Luxuslimousine, die extra für Liz angeschafft worden war, und wartete auf sie, die pünktlich aus der Saunders-Villa marschiert kam und in einem dezenten dunklen Hosenanzug und Aktentasche auf ihn zusteuerte. Maik zog sogleich die hintere Tür auf und beugte sich ergebenst vor. Da er Liz nicht genau anschaute, bemerkte er gar nicht, wie sie gereizt ihre Augen rollte, während sie ihn begrüßte und gleich Kritik an ihm übte.

»Was soll denn diese alberne Mütze?«, kritisierte sie scharf.

»Madame«, sagte er gewichtig und wurde schon wieder mit einem Augenrollen bedacht, »Anweisung Ihrer Mutter.«

Missbilligend zog Liz eine Braue hoch. »So?«, entgegnete sie, »und dieses Madame«, äffte sie überspitzt nach, »auch?«

»Ja, Madame.«

Zunächst versuchte Liz ruhig zu bleiben und beugte sich schon vor, um in den Wagen zu klettern, doch kurzfristig entschied sie anders. Sie baute sich in voller Länge vor Maik auf, der immer noch gehorsam die Tür festhielt und zog ihm die Mütze vom Kopf. »Die können Sie meinetwegen in der Badewanne tragen, aber nicht hier.« Entsetzt erstarrte sie, als sie Maiks neuen Haarschnitt betrachtete. »Sie sehen aus wie ein Sträfling.«

Das befand Maik auch, was er mit einem betrübten Nicken bestätigte.

»Das gefällt mir so nicht«, fuhr sie Maik an, »lassen Sie die Haare wieder wachsen.«

»Madame«, konterte Maik entsetzt, weil ihm die Predigt von Vera noch im Ohr lag, »das wird Ihrer Mutter nicht gefallen.«

»Tun Sie alles, was meine Mutter sagt?«

Verzagt zuckte Maik mit seinem Mundwinkel. »Ja, sie ist die Chefin.«

»Stopp!«, warf Liz energisch dazwischen, »in der Funktion als Fahrer, stehen Sie in meinen Diensten und werden auch von mir bezahlt.« Sie drückte ihm die Mütze lieblos in die Hand. »Und Ihre Ausstattung läuft auch über meine Kostenstelle. Ergo. So werden Sie auch das tun, was ich Ihnen sage.«

»Ja M..«

Mit mahnender Gestik unterbrach Liz ihn sogleich. »Saunders, nicht Madame.« Genervt warf Liz ihre Tasche in den Wagen und ließ sich in den Sitz fallen und zog die Tür heftig selber zu.

Für Maik begann ab diesem Moment eine Farce. Veras gesamter Maßnahmenkatalog verlor seine Gültigkeit und somit auch seine Funktion als Bodyguard, was er nicht als schlimm empfand, aber andererseits sah Liz für ihn vor, dass er sich in der Nähe des Fahrzeuges aufhalten sollte, was für ihn eine Menge Langeweile bedeutete, und sein Vorschlag, dass sie ihn übers Handy kontaktieren könne, stieß bei Liz auf volle Ablehnung.

»Erwarten Sie nicht, dass ich Ihnen hinterher telefoniere«, fauchte sie ihn herablassend an, »außerdem bekommen Sie jede Minute bezahlt, dann kann ich ja wohl Ihren Einsatz spontan erwarten.«

Gefrustet über ihre Entscheidung stieß Maik Luft aus. »Ja, Frau Saunders«, bestätigte er mit leichtem Protest in der Stimme ihren Befehl.

»Höre ich da einen Anflug von Widerstand?«, züngelte Liz.

Würdig erhob Maik seinen Kopf. »Tut mir leid, wenn es so geklungen hat.«

Mit einem zynischen Grinsen bedachte Liz boshaft ihren Angestellten, klar gestellt zu haben, wer hier der Chef war.

Um die sinnlose Wartezeit zu überbrücken, setzte sich Maik bei schönem Wetter mit einem Klappstuhl in die Sonne und las etwas; aber bei Regen saß er im Wagen fest, wo er sich dann mit einer Spielekonsole die Zeit vertrieb. Das ganze Unterfangen besaß allerdings auch einen

Haken. Maik musste nach jeder Tour bei Vera zum Rapport antreten und Bericht erstatten, den Maik ihr auch wahrheitsgetreu ablieferte, wobei Vera immer wieder darauf hinwies, dass er gefälligst ihren Maßnahmenkatalog einhalten sollte, was wiederum den Zorn von Liz auf ihn zog, wenn er bei ihr darauf pochte und schlimmer noch, wenn Vera ihre Tochter deswegen maßregelte.

Eines Tages kam es dann zur Eskalation.

Aufbrausend kam Liz in die Werkstatt gestapft und steuerte auf Maik zu, der gerade unter einem Wagen, der auf einer Hebebühne stand und daran herum schraubte.

»Ich muss mit Ihnen reden«, schmetterte Liz ihm an den Kopf, worauf Maik sofort auf sie zuging.

Maik merkte sogleich ihre Wut und betrachtete missmutig seinen Kollegen, der aber weit abseits an einem anderen Wagen schraubte und tief in der Motorhaube steckte. »Um was geht's?«, erkundigte er sich.

Bedacht schaute Liz umher, bevor sie auf ihn einschimpfte. »Diese ständigen Diskussionen mit meiner Mutter reichen mir jetzt. Jedes Mal wenn ich von einem Event komme, muss ich mir anhören, was schief gelaufen ist, nur weil Sie ihr ausgiebig Bericht erstatten.«

»Aber was soll ich denn machen, wenn sie mich fragt?«, war Maik völlig ratlos, »sie ist meine Vorgesetzte.«

Erregt tippte sich Liz auf die Brust. »Ich hatte Ihnen schon mal gesagt, ich bin in Sachen Dienstfahrten Ihre Vorgesetzte und ich wünsche absolute Diskretion und Loyalität.«

Mutig holte Maik Luft. »Genau das erwartet Ihre Mutter von mir auch«, entgegnete er, »Sie sollten mit ihr mal genau die Grenzen abstecken, was mich betrifft.«

»Da gibt es nichts abzustecken«, blaffte Liz ihn an.

»Oh doch«, widersprach Maik und scherte sich nicht im geringsten darum, dass er seine Kündigung mit diesem Protest riskierte, »Ihre Mutter verlangt bedingungslosen Bericht über unsere Fahrten, ansonsten droht sie mir mit Kündigung...«

»Die kann ich Ihnen auch aussprechen«, zischelte Liz.

»Sehen Sie, genau das ist der springende Punkt«, warf Maik respektlos dazwischen, »Sie sollten mit Ihr mal die Zuständigkeiten definieren. Der eine sagt Hü, der andere Hott.« Als er seine Meinung gesagt hatte, trat bei ihm ein mulmiges Gefühl ein, was er aber überspielte, indem er seinen Körper würdig streckte. Gesagt war nun mal gesagt.

Entrückt legte Liz ihr Kinn in Falten. »Sie sind ganz schön respektlos.«

Maik behielt seine würdige Haltung bei. »Nein. Ehrlich. Und wenn Sie es für nötig halten, dann entlassen Sie mich doch.« Er schaute sie fast um Gnade flehend an. »Aber das wollen Sie ja gar nicht«, sagte er ihr auf den Kopf zu, »weil Sie Spaß dabei empfinden mich zu erniedrigen.«

Empört rang Liz nach Luft. »Was erdreisten Sie sich, so mit mir zu reden?«

Mit einem überlegenen Grinsen stieß Maik Luft aus. In diesem Moment empfand er nun absolut keine Angst mehr, seinen Job zu verlieren, eher das Gegenteil. »Da Sie offensichtlich ein Problem mit mir haben, werde ich besser kündigen.« Er wog den Schraubenschlüssel in seiner Hand, was ein wenig Wehmut in ihm aufflackern ließ, weil er mit seiner Kündigung auch seinen Meisterkurs damit auf Eis legte und auch auf die Werkstattleitung verzichtete.

Etwas verängstigt, weil Liz mutmaßte, dass Maik ihr den Schraubenschlüssel womöglich in seinem Zorn über den Schädel ziehen könne, trat sie einen Schritt zurück. »Ja, ich habe ein Problem mit Ihnen. Sie haben einfach meinen Wagen für Schrott erklärt«, wütete sie und fixierte das Werkzeug in seiner Hand, »und das kann ich Ihnen nie vergessen.« Ihre Stimme klang verletzt.

»Ach, das ist es«, blaffte Maik zurück und schüttelte vehement seinen Kopf, »nein«, stritt er dann ab, »ich«, betonte er ausdrücklich und tippte sich erregt auf die Brust, »habe nie behauptet, dass der Wagen schrottreif ist. Schließlich habe ich ihn ja jahrelang gepflegt. Ihre Mutter hatte es so angeordnet und mir den Freiraum gelassen mit dem Wagen tun und lassen zu können, was ich möchte.«

»Oh ja«, zischelte Liz zynisch, »für Sie eine gute Möglichkeit, sich etwas nebenher dazuzuverdienen, mit meinem Eigentum.«

Konsterniert, entlarvt worden zu sein, streckte Maik seinen Körper. »Der Wagen war auf die Firma angemeldet, woher hätte ich wissen sollen, dass es Ihr Wagen ist?«, verteidigte er sich.

Niedergedrückt und mit Zweifel behaftet würgte Liz einen Kloß herunter. Sie wusste im Moment nicht, wem sie Glauben schenken sollte. Ihrer Mutter oder Maik. Um das Gespräch nicht fortführen zu müssen, weil sie keinen wahrhaftig Schuldigen ausmachen konnte, gab sie an Maik eine strenge Order aus, um wenigstens die Bedeutsamkeit ihres Status hervorzuheben. »Ich verlange«, sagte sie nachdrücklich, »dass Sie meiner Mutter nie wieder einen Bericht abstatten.«

In der Kühnheit, seinen Job vorerst nicht verloren zu haben, warf Maik einen kleinen Einwurf ein. »Gut«, stimmte er zu, »dann werde ich mir aber auch nicht mehr reinreden lassen, was mich persönlich betrifft.«

Entrückt horchte Liz auf. »Was meinen Sie?«

Erregt breitete Maik seine Arme aus. »Na ja«, fing er unschlüssig an, »Sie wollen, dass ich meine Haare lang trage, Ihre Mutter kurz.« Er fuhr mit seiner Hand um seinen Kopf umher. »Mütze auf, Mütze ab...«

Als bedeutungslos bezeichnend winkte Liz ab. »Mir ist egal, wie Sie Ihre Haare tragen und mit der Mütze können Sie auch machen, was Sie wollen...«

»Kann ich nicht«, warf er trotzig ein, »Sie selber wollen doch lange Haare und keine Mütze.«

Konsterniert hielt Liz inne, überdachte seinen Protest und musste sich eingestehen, dass alles, was ihre Mutter ihm auftrug, sie im Grunde nur aus Protest zu ihrer Mutter ablehnte und ja, um ihn zu demütigen, weil er ihren Wagen verschrottet hatte.

Bei Maik spielten sich Gedanken ab, wie er endlich aus dieser Zwickmühle heraus kommen konnte, und da gab es nur eine einzige Möglichkeit, Frieden zu schaffen. Er packte Liz plötzlich mit seiner ölverschmierten Hand am Handgelenk und zog sie quer durch die Werkstatt in eine Ecke, wo ein abgedecktes Fahrzeug stand. Dort warf er seinen Schraubenschlüssel auf den Boden, zog die Plane herunter und deutete auf den entblößten kleinen Sportwagen. »Da haben Sie Ihren Wagen«, sagte er frostig, betrachtete ihn eine Weile trotzig und schaute dann Liz von der Seite an, die bewegt und regungslos neben ihm stand und mit geraubtem Atem ihre Blicke ungläubig auf den Wagen gerichtet hielt. Plötzlich bemerkte Maik, dass er immer noch Liz am Handgelenk hielt, woraufhin er unauffällig seinen Griff löste, was ihm gut gelang, weil Liz gebannt und gerührt ihre Blicke auf den Wagen gerichtet hielt, aber als er ihr Handgelenk betrachtete, bemerkte er, dass er ölige

Fingertapsen daran hinterlassen hatte. Peinlich. Um von seinem Missgeschick abzulenken sagte er geständig: »Ja, ich gebe zu, ich wollte aus dem Angebot Ihrer Mutter Profit schlagen.« Er atmete gekünstelt durch, um seine verlogene Scham zu unterstreichen, die sein Mitgefühl ausdrücken sollte. »Aber ich konnte es nicht übers Herz bringen.«

Liz warf Maik einen dankbaren Blick zu. »Ich kaufe Ihnen den Wagen ab.«

Nun setzte bei Maik tatsächliche Scham ein. Sein theaterreifes Verhalten empfand er plötzlich als recht unverfroren, weil er sehr wohl merkte, wie sehr Liz an diesem kleinen Wagen hing, was sie nun in eine Notsituation drängte, ihm den Wagen abzukaufen, wenn sie ihn nicht verlieren wollte. Warum auch immer, verstand Maik nicht. Bei Liz' Vermögen konnte sie sich jeden Tag so einen kaufen. Und dennoch zwang ihn sein Gewissen, ihr den Wagen entgeltlos zurück zu geben. Vielleicht blieben ihm so für die Zukunft ihre ständigen Erniedrigungen erspart. Schnell wandte sich Maik um und wanderte auf einen Metallschrank zu, riss eine schmale Tür auf, zog eine durchsichtige Zipp-Mappe heraus und kam wieder auf Liz zu. »Hier«, sagte er und reichte ihr die Mappe, die die vollständigen Papiere eines Fahrzeuges beinhaltete, samt Schlüssel. »Das sind die Papiere zu Ihrem Wagen. Er gehört wieder Ihnen.«

Mit ehrfürchtigem Gefühl nahm Liz die durchsichtige Mappe entgegen, was ein großes Glücksgefühl bei ihr auslöste und sie für wenige Sekunden die Augen schließen ließ. Dann schaute sie Maik fest und geschäftig an. »Wie viel wollen Sie für den Wagen haben?«

Perplex fuhren bei Maik die Brauen in die Höhe. »Nichts. Es ist Ihr Eigentum. Ich habe nicht das Recht, den Wagen zu verkaufen.«

»Stimmt nicht«, widersprach Liz, »wer die Papiere besitzt ist Eigentümer«, klärte sie ihn auf und das war nun mal Gesetz, an das sie sich auch halten musste. Kein Gericht der Welt würde ihr das Eigentumsrecht zusprechen. »Also, werde ich Ihnen den Wagen abkaufen.«

»Nicht nötig«, sagte Maik beschämt und deutete auf die Mappe, »Sie haben ja jetzt wieder die Papiere in Ihrem Besitz.«

So betrachtet musste sie Maik nun Recht geben. »Ich möchte Ihnen aber nichts schuldig sein«, hielt sie dennoch an ihrem Angebot fest.

»Sie sind mir nichts schuldig«, sagte Maik großzügig und hoffte, Liz so endgültig milde zu stimmen, damit er endlich wieder seine Ruhe fand, auch wenn er den Verlust des Wagens mit Wehmut ertragen musste, was auch Bedenken in ihm hervorrief. »Ihre Mutter wird mich hassen, wenn sie erfährt, dass der Wagen noch existiert,« befürchtete er.

Unbeeindruckt grunzte Liz zynisch. »Sie müssen es ihr ja nicht verraten.«

Ebenbürtig grunzte Maik zurück. »Irgendwann wird sie es bemerken.«

»Wenn schon«, sah Liz diese Erkenntnis locker, »dann wird sie sich für ein paar Tage aufregen.« Sie deutete auf die Plane, die unordentlich auf dem Boden lag. »Sie brauchen den Wagen nicht mehr abzudecken. Ich werde ihn zeitnah anmelden und abholen.« Sie beäugte die Zipp-Mappe in ihrer Hand und bemerkte die öligen Spuren an ihrem Handgelenk, die ihr Maik zugefügt hatte. Mit gereiztem Augenaufschlag warf sie ihm einen bösen Blick zu, kommentierte ihn aber nicht, wandte sich stattdessen um und wanderte hinaus. Obwohl sie sich etwas angeekelt fühlte, Maiks Fingerabdrücke am Gelenk zu tragen, erschien ihr eine andere Angelegenheit wesentlich wichtiger. Ein Gespräch mit ihrer Mutter zu führen.

Wenige Minuten später stapfte Liz mit der Unterlagenmappe bewaffnet in Veras neues kleine Büro. Ein großes beanspruchte sie derweil nicht mehr, weil sich ihre Aufgaben auf nur noch wenige organisatorische Belange beschränkte, wofür sie auch nur halbtags eine Sekretärin beschäftigte. So nahm sich Liz das Recht heraus ohne anzuklopfen durch das menschenleere Vorzimmer zu wandern, stapfte zielorientiert in Veras Zimmer und warf wutentbrannt die Bürotür hinter sich zu.

Aufgeschreckt starrte Vera ihrer Tochter entgegen, die unaufhaltsam auf ihren Schreibtisch zusteuerte und mit flacher Hand die Mappe mit den Fahrzeugpapieren darauf knallte. Aufgestützt auf den Schreibtisch starrte Liz sie an.

Damit du's weißt«, zischelte Liz ihr entgegen, »ich habe den Wagen zurück.«

Entrückt setzte sich Vera auf. »Wo hast du ihn her?«, verlangte sie zu wissen.

Kalt grinsend richtete sich Liz auf.»Ich habe ihn zufällig in der Werkstatt vorgefunden«, schwindelte sie.

Aufgebracht stieß Vera einen Laut aus. »Ich habe diesem Kerl gesagt, er soll diesen Wagen verschwinden lassen.« Erregt ließ sie ihre Blicke über den Tisch wandern und grübelte über eine Maßnahme nach, Maik zu betrafen. In diesem Fall sah sie nur eine Möglichkeit. Entlassung, weil er sich nicht an ihren Befehl gehalten hatte. Grollend erhob sich Vera.»Ich werde den Kerl vor die Tür setzen.«

Veras unüberlegte Äußerung verleitete Liz zum Kontern.»Gute Idee«, bekräftigte sie,»dann habe ich ihn für mich alleine. Dann kann ich mit ihm anstellen, was ich will.«

Konsterniert scheute Vera zurück.»Was soll das denn heißen?«

»Das heißt, dass ich Maik als Chauffeur auf jeden Fall behalten werde. Dann kannst du«, betonte Liz ausdrücklich und zeigte verachtend mit dem Finger auf ihre Mutter,»ihm keine Vorschriften mehr machen und Bericht von ihm abverlangen, was auf den Touren vorgeht, was dich eigentlich gar nichts angeht und fällt von seitens Maik außerdem unter Schweigepflicht, die du mit deinen Drohungen untergräbst.«

Der Ohnmacht nahe rang Vera nach Luft. Solch einen Protest war sie von ihrer Tochter nicht gewohnt.»Sag mal«, stieß sie erschöpft aus,»wie kommst du mir eigentlich vor?«

»So, wie es für eine Geschäftsfrau angebracht ist, und so«, sagte Liz mit erhobener Stimme,»wie du es mich gelehrt hast.« Mit erhobenem Stolz wanderte sie vor dem Schreibtisch umher, wobei sie ihrer entsetzter Mutter entgegen schaute, die keine Worte des Widerstandes fand.»Und da du«, setzte Liz erhaben nach,»mir die Prokura überlassen hast, kann ich eigene personelle Entscheidungen treffen.« Mit einem frechen Grinsen wartete Liz eine Reaktion von Vera ab und als sie sich nach wenigen Sekunden nicht rührte, zog Liz die Mappe mit den Fahrzeugpapieren vom Schreibtisch und lächelte sie mit vorgezogenem Kinn an.»Ich deute das so, dass du meine Meinung akzeptierst.« Provokant hielt sie die Unterlagen hoch.»Und das hier werde ich dir niemals verzeihen.«

Für Maik sollte dieses Mutter-Tochter-Gespräch nicht ohne Folgen bleiben. Knapp eine Stunde später, nachdem Liz die Werkstatt verlassen hatte, übermittelte ihre Sekretärin, Frau Doberschütz, eine Dame um die vierzig, die Nachricht: »Frau Saunders wünscht eine Tour ins Freie, um 17 Uhr. Dienstkleidung nicht erforderlich.«

Ermattet sackte Maik zusammen und hoffte, dass diese Spazierfahrten nicht zur Unsitte wurden, denn dann würde noch weniger von seiner Freizeit übrig bleiben.

Irgendwo auf einer Landstraße, die durch Wälder und Täler führte, musste Maik den Wagen auf einem sandigen Parkplatz abstellen. Vorschriftsmäßig öffnete Maik die hintere Tür und ließ Liz aussteigen. Wie immer im Berufsoutfit stand sie vor Maik und zog ihre Aktentasche vom Rücksitz hervor. Maik vermutete wichtige Unterlagen, die Liz nun im Freien bearbeiten wollte, womöglich eine Form von Rache, die sie an ihm ausübte, wegen dem kleinen Wagen.

Als Liz ein paar kleine Schritte Richtung eines Feldweges ging, warf er die Wagentür zu und überlegte, ob es sinnvoller sei, den Job zu wechseln, als den Launen seiner beiden Chefinnen nachzugeben. Er kam nicht dazu diesen Gedanken fortzuführen.

»Kommen Sie«, rief Liz ihm zu, die sich nach um umgewandt hatte, »begleiten Sie mich.«

Maik verriegelte den Wagen mit der Fernbedienung und folgte Liz mit geringem Abstand. Plötzlich wandte sich Liz wieder nach ihm um.

»Nu kommen Sie bei«, forderte sie ihn auf, »latschen Sie mir nicht so hinterher.«

Gefügig befolgte Maik ihren Befehl und schlenderte nun neben Liz her. Immer wieder musste er sie von der Seite anschauen. Seine Blicke klebten zeitweilig wie ein Magnet an ihr. Er konnte nichts dagegen tun. Liz war nun mal eine verdammt hübsche Frau, die man gerne beäugte, aber leider zu kaltherzig und launig. Wahrscheinlich gab es deswegen auch noch keinen Partner an ihrer Seite. Ihr Leben bestand nur aus Finanzen und Bilanzen. Kein Platz für Liebe und schon gar nicht für Kinder.

Sie stiegen einen kleinen Hügel hinauf und oben gab es einen wunderbaren Blick auf die begrünte Landschaft, durch die sich eine kleine Schlucht zog. Liz wanderte auf eine klobige hölzerne Sitzgruppe zu. Sie warf die Tasche auf den Tisch, fuhr zur Kontrolle mit der Hand darüber und setzte sich dann knapp auf die Tischkante. Sie ließ ihre Hände in den Schoß fallen und seufzte beherzt.

»Hübsch nicht?«, sagte sie versonnen.

Bestätigend nickte Maik. Auch er fand den Ausblick sehr schön, aber ihm wäre lieber gewesen, seine Freizeit mit Freunden zu genießen. Jetzt und hier mit einer Flasche Bier und einem Steak über dem Grill gebrutzelt.

Liz blickte plötzlich zu Maik rüber, der etwas abseits vom Tisch stand und lächelte ihn an, was Maik schlecht zu deuten wusste, vorsichtshalber aber freundlich zurück lächeln ließ.

»Ich habe eben mit meiner Mutter geredet«, eröffnete Liz das Gespräch und beobachtete, wie Maik sein Gesicht leicht missmutig verzog, »keine Sorge, Sie kommen dabei gut weg.« Sie schaute Maik intensiv an und fuhr dann fort. »Meine Mutter wird Sie nicht mehr aushorchen über unsere Touren; und wenn doch, sind Sie nicht verpflichtet Bericht zu erstatten.« Sie deutete auf seinen Kopf. »Und die Haare dürfen Sie auch wieder so tragen, wie Sie es möchten«, billigte sie ihm zu und hoffte aber inständig, dass er zum Trotz nicht diese Stoppelfrisur beibehielt, »aber der Anzug bleibt«, beharrte sie, »heute ist eine Ausnahme, weil ich privat hier bin.«

Verzückt nickte Maik. »Klingt gut«, befand er.

Liz verzichtete auf einen Kommentar, zog stattdessen ein silbernes Etui aus ihrer Aktentasche und holte eine Zigarette daraus hervor, dann hielt sie Maik das Etui hin. »Auch eine?«

Etwas erstaunt betrachtete er das Etui. Bisher wusste er gar nicht, dass Liz rauchte. »Nein danke«, lehnte er kopfschüttelnd aber höflich ab und legte einen Grund nach, »ich bin Sportler.«

Unbeeindruckt zog Liz ein Feuerzeug hervor, zündete sich die Zigarette an und ließ Etui und Feuerzeug wieder in ihrer Tasche verschwinden. »Eigentlich sollte ich das auch aufgeben«, sagte sie unterdessen, »aber manchmal brauche ich das.« Sie nahm einen tiefen Zug, der ihr offensichtlich Befriedigung schenkte. Dann zog sie einen kleinen aufklappbaren Ascher hervor und stellte ihn neben sich auf den Tisch.

»Sehr vorbildlich«, bemerkte Maik, wanderte vor Liz umher und setzte sich auch knapp auf den Tisch.

»Ach«, tat Liz seine Bemerkung lässig ab, »reine Vorsichtsmaßnahme«, erklärte sie und musste ein Lachen unterdrücken, »ich habe mir das angewöhnt, weil ich im Internat schon mal einen Mülleimer in Brand gesetzt habe, als ich meine Zigarette verstecken wollte.« Fassungslos schüttelte sie ihren Kopf über ihre Missetat. »Zum Glück stand der Mülleimer auf freiem Gelände, so dass nichts weiter passiert ist. Außer dem Mülleimer natürlich. Und wie gut, dass ich nicht aufgeflogen bin.« Versonnen betrachtete sie ihre Zigarette und zog wieder daran.

Maik beäugte Liz aus den Augenwinkeln heraus und musste sich schon sehr wundern, wie natürlich sie sich jetzt gab und so unbekümmert; und eigentlich auch ganz nett. Plötzlich wandte sich Liz ihm zu und deutete mit ihren Blicken auf die Aktentasche, die zwischen ihnen lag.

»Ich habe da was für Sie.«

Erstaunt setzte sich Maik aufrecht hin. »Für mich?«

»Ja. Ich möchte für Sie, als Gegenleistung für den Wagen, Fünftausend in einen Fond anlegen.«

»Oh nein«, lehnte Maik beschämt ab, »das müssen Sie nicht tun.«

»Doch«, beharrte Liz, »Sie müssen dazu nur ein Schriftstück unterschreiben.«

Mit gemischten Empfindungen beäugte Maik die Aktentasche. Fünftausend klang sehr verlockend für einen Wagen, der ihm eigentlich nie gehörte.

»Ich bin Ihnen sehr dankbar, dass der Wagen überlebt hat«, erklärte Liz, »der Wagen gehörte meinem Opa und ich hänge sehr daran.«

»Oh«, stieß Maik berührt aus, »ich wusste nicht, dass der Wagen ein Erbstück ist.«

»Ist er auch nicht«, servierte Liz trocken, »sondern ein Geschenk. Mein Opa lebt noch.«

»Das freut mich.«

Liz lächelte. »Mich auch. Ich mag meinen Opa sehr.« In Gedanken bei ihrem Großvater zog sie versonnen an ihrem Glimmstängel.

Bei Maik drängte sich hingegen eine Frage auf, die ihn sehr interessierte. »Weiß Ihre Mutter schon, dass Sie den Wagen wieder besitzen?«

»Ja«, nickte Liz und schaute Maik fest an, »und sie hasst Sie dafür.«

Maik stöhnte wehleidig. »Dann muss ich mir wahrscheinlich noch einiges von ihr anhören.«

»Wahrscheinlich«, hielt Liz offen, »sie zieht sogar in Betracht, Sie zu entlassen.«

Entsetzt schluckte Maik hart und empfand in diesem Moment die Fünftausend ziemlich mager, als Abfindung. In seiner Erregung konnte er gar keine Worte zu seiner Verteidigung aufbringen.

Liz bemerkte sehr wohl, wie er um Fassung rang und grinste ihn an während sie ihre Zigarette in dem kleinen Ascher ausdrückte. »Keine Sorge«, sagte sie beschwichtigend, »der Job als Chauffeur bleibt Ihnen erhalten.«

Toll, dachte Maik brüskiert, verzichtete aber aus taktischen Gründen auf einen verbalen Einwand und schluckte seinen Groll herunter. All die Versprechungen, die ihm Vera vor einiger Zeit abgegeben hatte, waren damit hinfällig und der Gedanke, zum Leibeigenen von Liz Saunders zu werden behagte ihm überhaupt nicht. Aber bevor er Beschwerde einreichen wollte, schien ihm sinnvoller erst einmal abzuwarten, wie sich die Dinge entwickelten. Eine weise Entscheidung, wie sich im Nachhinein herausstellen sollte. Das Gespräch mit Vera blieb aus, womit ihm auch die Kündigung erspart blieb, aber der Job als Chauffeur haftete dennoch an ihm, wobei sich Liz einsichtig zeigte und er von da ab nicht mehr im Wagen auf sie warten musste und so die Wartezeiten wesentlich sinnvoller verbringen konnte.

Das lag nun schon mehr als zwei Jahre zurück. Maik verschwendete mittlerweile gar keinen Gedanken mehr daran, den Meisterkurs ablegen zu dürfen. Seniorchefin Saunders hatte ihn sozusagen auf Eis gelegt, aber dafür bezog er eineinhalb Gehälter, womit es sich sehr gut leben ließ; und seit Liz nicht mehr in der elterlichen Villa lebte, wurde auch das Arbeitsverhältnis zwischen ihm und ihr immer lockerer.

Und die fünftausend Euro in Fonds hatten sich in der kurzen Zeit schon verdoppelt. Wie gut, dass er dieses Angebot nicht abgelehnt hatte. Tja, und das Rauchen hatte Liz mittlerweile auch dran gegeben.

Unruhig schaute Maik auf seine Armbanduhr, als die nette Hotelangestellte ihm den Kaffee vorsetzte. Dabei entging ihm, ihr ins Dekolleté zu schauen, aber seine Sorge um den Rückweg überwog in diesem Moment. Wenn Liz sich jetzt nicht endlich von ihrem Verhandlungspartner löste, konnte er für eine sichere Heimfahrt nicht mehr garantieren.

Plötzlich kam Liz mit ihrem Verhandlungspartner durch die Lobby marschiert und steuerte schnurstracks auf ihn zu. Maik kannte diesen Herrn mittlerweile sehr gut, weil er zur Stammkundschaft der Saunders gehörte. Ein Typ Mann, den Maik nicht sonderlich schätzte.

Hubert Heg gehörte zu einer Gattung Mann, die glaubte, bedingt durch ihren Reichtum allen Frauen unter den Rock fassen zu dürfen. Bei Liz versuchte er es auch unentwegt, weil er befand, als Stammkunde ein Anrecht darauf zu besitzen. Sah es sozusagen als Kundenbonus an. Um Hubert als Kunden nicht zu verlieren, spielte Liz immer mit, wand sich aber im Nachhinein stets mit einer geschickten Ausrede heraus.

Huberts anzügliche Art widerstrebte Maik, die ihm jedes Mal die Gänsehaut über seinen Rücken fahren ließ, wenn er nur annähernd darüber nachdachte, welche Absichten dieser Lustmolch hegte. Und so, wie sich Hubert gab, glaubte er auch im Adonis-Körper zu stecken. Dabei erfüllte er nicht eine einzige dieser Kriterien.

Für seine 49 sah Hubert wesentlich älter aus als der durchschnittliche Mann. Er trug sein dünnes Haar platt nach hinten gekämmt, dabei hätte ihm eine Vollglatze wesentlich besser gestanden. Darüber hinaus litt er unter Fettleibigkeit und neigte zu schnellem Schwitzen.

Maik war sogleich aufgestanden als Liz mit Hubert plötzlich auf ihn zukam.

»Maik, wir essen hier noch«, teilte Liz ihm mit und warf einen kurzen Blick auf ihren Vertragspartner, »Herr Heg hat uns beide eingeladen.«

Auch wenn Maik die Einladung sehr schmeichelhaft empfand, so konnte er seine Sorgen der Witterung wegen nicht abschalten und dies teilte er mit besorgter Miene auch mit. »Es schneit, wir sollten die Rückfahrt nicht zu lange hinauszögern.«

Hubert klopfte Maik vertrauensvoll auf die Schulter. »Machen Sie sich da mal keine Sorgen.« Er gestikulierte lässig umher. »Ich habe die Suite noch frei.«

Die Suite ist noch frei. Natürlich war sie noch frei. Für Liz und ihn, und er selber durfte sich dann stundenlang mit Plätzchen, Schokolade und Kaffee begnügen und seinen Trieb nur mit ein paar verstohlenen Blicken ins Dekolletee seiner Lobbyangestellten befriedigen.

Unbeirrt deutete Hubert mit einladender Gestik Richtung Hotelrestaurant, wobei er einen bedeutenden Blick auf Liz warf. »Möchtest du dich noch frisch machen?« Sein Angebot klang mehr nach einer Aufforderung.

Um sich von Hubert für ein paar Minuten zu erholen ging Liz sogar sehr gerne auf seinen Vorschlag ein. Fortwährend redete er bei den Verhandlungen auf sie ein, um sie zu überzeugen, seiner Einladung in seine Blockhütte zu folgen. Immer wieder fasste er dabei nach ihrer Hand und schüttelte sie bekräftigend, so dass Liz ihrer Protokollpflicht kaum nachkommen konnte und ihren Einwänden setzte er keinerlei Bedeutung bei. Ließ nicht einmal gelten, dass Liz den Heiligabend lieber zuhause verbringen wollte. Sie konnte dabei nicht einmal verstehen, warum Hubert nicht mit seiner Familie feiern wollte.

»Ach die Familie«, winkte Hubert ab, »die kommt doch erst morgen und Hilde ist mit ihren Freundinnen unterwegs.«

Um den Auftrag nicht zu gefährden stimmte Liz schließlich zum Schein zu, wie sie es schön öfters praktiziert hatte. Normalerweise gab Liz keine leere Versprechungen ab. Ihr Wort galt, aber in solchen Fällen sah sie in ihren Ehrenworten keinerlei Verpflichtungen, schließlich nahmen es ihre männlichen Verhandlungspartner mit ihrem Ehegelöbnis ja auch nicht so genau. Wofür Liz nun gar kein Verständnis aufbrachte.

»Aber du kommst dieses Mal bitte auch wirklich«, forderte Hubert mit Nachdruck.

»Tut mir leid, aber ich konnte meinem Fahrer den Weg nicht mehr erklären«, entschuldigte sich Liz und blinzelte ihn mit aufgesetztem

Mitgefühl an, ihn so versetzt zu haben, »geografisch bin ich eine totale Niete.«

Hubert schaute Liz nach, wie sie zu den Waschräumen wanderte. Bei diesem Anblick stieg seine Anspannung ins Unermessliche an, was ihn leicht erregen ließ. Nun musste er Phase zwei starten, um Liz' Orientierungsmangel vorzubeugen. Dieses Mal wollte er nichts dem Zufall überlassen. Er stieß Maik an, legte vertrauensvoll seinen Arm um seine Schulter und führte ihn ins Restaurant. Nur wenige Gäste saßen an den Tischen und aßen.

»Hören Sie«, fing Hubert fast flüsternd an und schaute sich verstohlen um, als vermutete er, seine Frau könne hinter ihm stehen, »ich habe mit Liz vereinbart, dass sie in meine Blockhütte kommt...«

Perplex schaute Maik Hubert von der Seite an. »Heute?«

»Ja. Sie müssen sie dort hinfahren.« Er kramte einen Zettel hervor und reichte ihn Maik. »Das ist die Wegbeschreibung mit Koordinaten. Sie haben doch sicher ein Navi.«

Maik nickte bloß bedacht und verwirrt zugleich.

»Fein«, freute sich Hubert und führte Maik an einen Tisch, der etwas abseits in einer Nische stand. Dann zog er einen Umschlag aus seiner Jacketttasche hervor und reichte ihn Maik. »Und das ist für Ihre Diskretion.« Wieder schaute er umher und führte dann seine Erklärungen fort. »Mein Bruder wird die Blockhütte etwas nett herrichten. Mit ihm werden Sie dann hier ins Hotel zurückfahren und mit einer Angestellten einen netten Abend verbringen.«

Maiks Erstauntheit wuchs an. Was für ein frivoles Angebot, befand er, und sollte sich Liz wirklich diesem Lustgreis hingeben wollen? Er verdrängte den Gedanken, der aber dennoch einen Ekelschauer bei ihm auslöste. »Ich glaube kaum, wenn das so weiter schneit, dass wir die Hütte noch erreichen werden, geschweige ich ins Hotel zurückfahren kann«, meldete er Bedenken an.

»Doch, doch, doch«, widersprach Hubert zuversichtlich, »der Weg zur Blockhütte wird von einem meiner Mitarbeiter freigehalten bis zum Parkplatz. Von da ab müssen Sie ohnehin noch ein Stück laufen. Mein Bruder fährt mit einem kleinen Räumfahrzeug durch den Wald. Mit ihm können Sie dann zurück.« Er schob Maik einen Stuhl zurecht. »Setzen

Sie sich schon mal, ich muss da noch was klären.« Flux wandte sich Hubert um und wanderte aus dem Restaurant, bog gleich rechts ab und betrat ein Büro. Zielstrebig steuerte er auf einen Schreibtisch zu, an dem sein sehr viel jüngerer Bruder Jens saß. Er war sein Stiefbruder aus zweiter Ehe seines Vaters.

Jens leitete die Geschäfte des Hotels nur bedingt. Halt nur, wenn sein Bruder außer Haus war, ansonsten erledigte er alles, was an Arbeiten anfiel. Vor ein paar Jahren hatte Hubert ihm angeboten, für ihn zu arbeiten, was Jens auch gerne tat und sich auch sehr wohl fühlte, obwohl er ziemlich oft zwischen den Stühlen saß, was die Ehe seines Bruders und Hilde betraf. Seine ständigen Eskapaden mit anderen Frauen konnte er nicht verstehen und auch nicht mit welcher Abgebrühtheit und Gelassenheit er Hilde immer wieder nach seinen Ausritten entgegentrat. So gewissenlos. Aber ein normales Eheleben kam auch von Hilde allerdings nicht zustande. Familie stand bei ihr nur an zweiter Stelle und gemeinsamen Urlaub gab es recht selten mit Hubert. Vielleicht wusste sie sogar von seinen Seitensprüngen und nutzte die Ruhe für sich selber. Vielleicht?

Wenn man Jens und Hubert nebeneinander stellte, konnte man äußerlich keinerlei Gemeinsamkeiten finden, was von den zwei verschiedenen Müttern herrührte. Jens stellte mehr den sportlichen Typ dar und war mit seinen 31 Jahren gut durchtrainiert. Und auch seine Haarpracht stellte zu Huberts lichtem Haar keinen Vergleich dar. Auch charakterlich lagen sie meilenweit entfernt.

»Was ist?«, fragte Jens gleich, als Hubert auf seinen Schreibtisch zusteuerte und er hoffte inständig, dass ihm an diesem Heiligabend nicht wieder eine unmögliche Aufgabe zugeteilt wurde. Zumal er für Hilde schon einen Auftrag erhalten hatte, dem er noch nachkommen musste.

Bedacht warf Hubert einen kurzen Blick über seine Schulter zur Tür, dann zog er ein Taschentuch hervor und tupfte sich die schweißnasse Stirn ab. »Ich habe heute noch ein Geschäftsgespräch«, fing er an zu erklären, »mit Liz Saunders«, setzte er bedeutsam nach mit einem gewissen Glanz in den Augen.

»Ah«, kommentierte Jens zynisch, »verstehe.«

»Nun ja«, erwiderte Hubert etwas nervös und setzte zu einer Begründung an, »wie du weißt, ist Hilde ja nicht da heute Abend; und warum sollte ich da den Abend alleine verbringen?«

Beschwichtigend erhob Jens seine Hände. »Du bist mir keine Rechenschaft schuldig.«

»Allerdings«, bekräftigte Hubert, »und Julia soll sich um den Chauffeur kümmern. Ich habe ihm einen netten Abend mit einer hübschen Dame versprochen. Er wird mit dir zurück ins Hotel fahren.«

Entsetzt weiteten sich Jens Augen. »Was?«, brauste er auf, »du hast Julia verkauft?«

»Was heißt hier verkauft?«, entrüstete sich Hubert, »es ist ein Job. Sie bekommt ohnehin eine Menge Schweigegeld.«

»Das bist du ja selber schuld. Warum musst du denn auch ständig fremd gehen? Und dann benötigst du auch noch fremde Hilfe«, hielt Jens ihm vor, wobei ihm ein schauderhafter Gedanke kam, »hat Julia das schon öfters machen müssen?«

Pikiert scheute Hubert zurück. »Nein. Aber irgendwann ist immer ein erstes Mal.«

Jens konnte sich mit diesem Gedanken gar nicht anfreunden. »Können wir Julia da nicht irgendwie raus halten? Ich meine, sie ist doch keine Nutte«, versuchte er auf Hubert einzuwirken.

»Ob Nutte hin oder her«, entgegnete Hubert gleichgültig, »außerdem ist sie mir nach ihrem Patzer noch einen Gefallen schuldig.«

»Mein Gott, das hätte jedem passieren können«, verteidigte Jens die Angestellte, »außerdem bist du mit schuld. Wenn du nicht so umher gefuchtelt hättest, dann hätte Julia dir nicht den Cognac aus der Hand geschlagen, dann hätte dich das flambierte Eis nicht unter Feuer gesetzt. Außerdem ist ja nicht viel passiert.«

»Nichts passiert!«, stieß Hubert wütend aus und fühlte sich immer noch peinlich berührt, »der Kellner hat mir eine Flasche Wasser über gegossen, ich sah ja aus wie ein begossener Pudel.«

Jens sah dies weniger dramatisch. »Er hätte dich ja auch brennen lassen können.«

»Widersprich mir nicht«, mahnte Hubert, baute sich in voller Größe auf und schaute herablassend auf seinen Bruder hinunter, »führ den

Befehl aus und rede mit Julia. Wenn sie herum zickt fliegt sie raus. Und«, betonte er ausdrücklich, »Hilde darf nichts erfahren.«

Dies musste Hubert nicht ausdrücklich betonen. Aber wie er nun auch noch Julia behandelte, trieb ihm ein Ekelgefühl in den Körper. Krampfhaft suchte Jens nach einem Ausweg, der jungen Angestellten diese Pein zu ersparen. In diesem Moment wurde bei Jens der Wunsch entfacht, einen neuen Job zu suchen oder gar ein eigenes Hotel zu führen, doch Hubert durchbrach seine Gedanken.

»Ich möchte, dass du die Blockhütte herrichtest.«

Bei dem Wort Blockhütte kam Jens eine Erleuchtung und noch nie hatte er in seinem Leben zuvor so klar gesehen, wie in diesem Moment. Ja, er würde Hubert die Hütte herrichten und es würde für ihn ein unvergesslicher Abend werden. »Die Blockhütte?«, hakte Jens hinterlistig nach und erhielt von Hubert ein hektisches Nicken, wobei er erneut seine Schweiß bedeckte Stirn abtupfte.

»Das ist doch sehr romantisch«, befand Hubert.

Bedacht nickte Jens und freute sich, wie sein Plan Gestalt annahm. »Ja«, bekräftigte er, »das ist wirklich sehr romantisch.«

»Gut«, stieß Hubert zufrieden aus, »pass auf. In meinem Büro ist ein Kleidersack, da ist ein Kostüm drin, das legst du auf dem Sofa vor dem Kamin aus; ach ja, das Sofa musst du ausziehen und auch den Kamin anzünden. Richte es ein bisschen nett her.« Er tippte hastig auf seine Uhr. »Ich werde so gegen 17 Uhr in der Hütte eintreffen. Aber du musst dich beeilen. Nach dem Essen fährt Saunders schon los.«

Nach dem Essen, durchfuhr es Jens Gedanken, was er als fast unmöglich einstufte, dies zu bewältigen. »Wie soll ich das denn schaffen?«, legte er Bedenken ein, »ich weiß doch gar nicht, was dort zu tun ist.«

Als belanglos empfindend fuchtelte Hubert mit der Hand umher. »Julia kann dir ja helfen. Sie kennt sich aus.« Er tippte auf seine Uhr. »Ich verlass mich auf dich.« Schnell wandte sich Hubert um und verließ das Büro. Er wollte Liz nun nicht zu lange warten lassen.

Und dass du dich verlassen kannst, schwor Jens gedanklich und grinste dabei diabolisch. Dieser Abend sollte für Hubert für immer unvergesslich werden, dafür würde er sorgen. Und Julia würde er als Komplizin bestimmt für seinen Plan gewinnen.

Als Hubert ins Restaurant zurückkehrte, setzte sich Liz gerade Maik gegenüber. Mit triumphalen Lächeln und einem tiefen Glücksgefühl in der Brust steuerte er auf den Tisch zu, setzte sich mit daran und ließ würdevoll die Speisekarte auftischen.

Als Maik die schwere, in Leder gebundene Speisekarte aufschlug, wurde ein merkwürdiges Gefühl bei ihm geweckt. Auf Liz musste dieses Geschäftsessen wie eine Henkersmahlzeit wirken. Denn mit jeder verstreichenden Sekunde wuchs die Erkenntnis, dass sie den Weg nach Hause nicht mehr schaffen würden und Hubert so sein Vorhaben ohne Weiteres durchführen konnte. Für diesen Auftrag und dieses kostspielige Essen musste sie nun einen hohen Preis bezahlen. Na ja, warf Maik seine Bedenken im nächsten Moment schon über den Haufen. Es gab Frauen, die sich für weit weniger verkauften und so genoss er letzten Endes seinen Krabbencocktail und auch das saftige Hirschsteak. Doch als er später den leeren Teller etwas beiseite schob, überkamen ihn Zweifel. Eigentlich gehörte Liz nicht zu den Frauen, die ihren Körper verkauften. Jedoch, wie sie sich im Moment gab, schien sie nicht dagegen abgeneigt. Jedes Mal, wenn Hubert sie gebannt anschaute, lächelte sie ihn charmant an. Ausgerechnet mit diesem fetten Lüstling, widerstrebte es Maik, der mit diesem Gedanken nun gar keine Freundschaft schließen konnte, was ihn etwas erschauern ließ.

Jens ließ hingegen keine kostbare Zeit verstreichen und suchte sogleich Julia auf. Meist hielt sie sich in der Nähe der Lobby auf und wartete, dass Gäste ihre Dienste in Anspruch nahmen. Und genau dort fand er sie auch vor. Julia servierte einer älteren Dame, die in der gemütlichen Lounge saß, eine Tasse Kaffee.

Geduldig stellte sich Jens an den Empfangstresen und wartete auf sie, wobei er jede ihrer Bewegungen und ihre freundlichen Gesten der Dame gegenüber beobachtete. Ihm entfuhr ein sehnsüchtiger Seufzer, wobei er fasst dahinfloss. Alles an Julia mochte er. Ihre dunklen langen Haare, die sie mal offen und auch schon mal zusammengebunden trug; und ihr gütiges Lächeln. Und das Alter passte auch gut. Mit ihren Ende zwanzig eine optimale Heiratskandidatin, um mit ihr eine Familie zu gründen. Schon seit dem ersten Tag, als Julia hier den Dienst antrat, war

Jens unsterblich in sie verliebt. Eine unerfüllte Liebe, weil er sich nie traute ihr seine Aufwartung zu machen, aus lauter Angst, er könne eine Abfuhr erhalten. Und so blieb sie für ihn immer unnahbar. Eine Göttin eben.

»Hallo Julia«, strahlte Jens die hübsche Frau an, als sie an den Tresen zurückkehrte, »ich muss Sie sprechen.«

Höflich lächelte Julia zurück und wanderte um den Tresen herum. »Um was geht es denn?«

Um etwas Diskretion zu erhalten zog Jens Julia vom Tresen weg. Er warf noch einen kurzen Blick über seine Schulter, um sicher zu gehen, dass niemand das Gespräch belauschen konnte, bevor er sein Anliegen vortrug. »Wir beide müssen in die Hütte, etwas vorbereiten.«

Verwirrt zuckte Julia zurück. »Heute?«

Jens nickte bestimmt. »Hubert hat dort ein Geschäftstreffen.«

Kritisch legte Julia ihren Kopf schief und kniff ihre Augen zusammen. »Geschäftstreffen?« widerholte sie ungläubig.

Etwas beschämt, über Huberts zügellosen Gelüste, wog Jens seinen Kopf. »Nun ja, welches der pikanten Art....«, umschrieb er.

»Verstehe«, warf Julia wie selbstverständlich ein. Für sie reine Routine. Huberts Eskapaden kannte sie ja zu genüge, wofür er stets ihre Unterstützung benötigte, die sie allerdings auch immer gut bezahlt bekam. Das musste sie Hubert nun mal gut schreiben.

Jens zog Julia noch etwas weiter weg vom Tresen. Denn das, was er ihr jetzt noch auftragen musste, verlangte mehr als nur Diskretion. »Da wäre noch was«, sagte er leise, fast beschämt und trieb damit Julias Anspannung in den Körper, als Jens so vertraut wurde, »die Dame wird von ihrem Chauffeur begleitet, den sollen Sie übernehmen, falls das nötig wird.«

»Was?«, stieß Julia laut vor Entsetzen aus, worauf Jens ihr gleich den Mund zuhielt und sich bedacht umschaute und wieder von ihr abließ, »was glaubt der Chef eigentlich, wer er ist?«, fauchte sie erregt.

»Ganz ruhig«, redete Jens beschwichtigend auf sie ein und schaute bedacht umher, ob dieser kleine Emotionsausbruch auch unbemerkt geblieben war; aber in sicherem Abstand saß nur die Dame in der Lounge, die an einem Kaffee nippte und ihre Konzentration dem

Fernseher widmete, der an einer Säule hing. »Keine Sorge«, redete er auf sie ein, »das macht er nicht nochmal.«

Das glaubte Julia gerne. »Weil er mir wahrscheinlich kündigen wird, wenn ich nicht spure«, befürchtete sie aufgeregt.

Bestätigend nickte Jens. »Davon können Sie ausgehen.« Wieder schaute er kontrollierend umher, dann schaute er sie eindringlich an und überlegte, ob er ihr von seinem Plan erzählen sollte, von dem er nach Huberts Verhalten Julia gegenüber auch nicht mehr abweichen würde; und er würde sie schon gar nicht alleine hier zurücklassen. »Ich werde hier nach Weihnachten die Kurve kratzen«, sagte er plötzlich, als sich Huberts ekeliges Vorhaben in sein Gedächtnis brannte, »ich plane ein eigenes kleines Hotel zu führen«, fuhr er fort und schaute Julia fest an, die gleichermaßen verwirrt und enttäuscht reagierte.

»Sie wollen uns verlassen?«, entgegnete sie mit unverhohlenem Bedauern.

»Ja«, nickte Jens aufsässig und als Julia ihn so verzweifelt anblickte, schloss er alle Bedenken aus. Mit ihr an seiner Seite würde sein Vorhaben gelingen. Sie war zweifellos die richtige Frau dafür. »Ich möchte, dass Sie mit mir gehen.«

Perplex scheute Julia zurück. »Sie bieten mir einen Job an?«

Jens nickte hektisch. »Ja«, hauchte er und erhoffte mit seinem nachdrücklichem Blick eine positive Antwort zu erhalten, »was halten Sie davon?«, hakte er ungeduldig nach.

Etwas unentschlossen zuckte Julia mit der Schulter und überlegte, ob sie ihm überhaupt glauben sollte und wenn, gar einen größeren Vorteil daraus ziehen konnte. »Bin ich dann Teilhaberin?«, hakte sie geschäftig nach.

Daran hatte Jens zwar nicht gedacht, wollte es aber nicht ausschließen. »Wenn Sie sich finanziell beteiligen.«

Bei Julia trat ein Glücksgefühl ein. Bei seinen offenen Worten schloss sie alle Bedenken aus. »Gerne«, lachte sie und insgeheim stieß sie einen Seufzer aus, dass sie endlich eine Möglichkeit erhielt, von hier abzuhauen und dann auch noch in die Selbstständigkeit zu gehen, übertraf all ihre Erwartungen und sie war sicher, mit Jens als Geschäftspartner konnte da nichts schief gehen. »Dann brauche ich den

Befehl vom Chef nicht auszuüben?«, fragte sie dennoch etwas unsicher nach.

Jens schaute erneut umher und zog Julia in eine abgelegene Ecke. »Doch, aber nur scheinbar«, flüsterte er und legte gleich eine Erklärung nach, »folgendes. Hubert will in die Hütte, aber was er nicht weiß, ist, dass Hilde heute Abend mit ihren Freundinnen auch in der Hütte ist.« Er stieß ein boshaftes Lachen aus, aus Freude, dass sein Plan so Schritt für Schritt Gestalt annahm. »Wenn sie dort eintrifft«, fuhr er fort, »wird sie Hubert mit einer Geschäftspartnerin erwischen mit samt ihren Freundinnen.« Entschlossen schob er sein Kinn vor. »Und den Chauffeur werde ich mir vorknöpfen«, sagte er in einer Art, als brannte er darauf, diesem Mann eine verpassen zu dürfen.

Julia beäugte Jens kritisch, der über beide Wangen strahlte. »Das ist jetzt nicht Ihr Ernst?«, war sie von Skepsis befallen.

»Ohhh, jaa!«, stieß Jens enthusiastisch aus und boxte sich in die flache Hand, »das wird ein riesiger Spaß.«

Von Bedenken gefangen stieß Julia mit einem gewissen Unwohlsein Luft aus. »Ich weiß nicht, er ist Ihr Bruder.«

»Ja genau«, ereiferte sich Jens ungehalten, »ein Bruder der über aller Leute Gefühle hinweg trampelt. Zeit, dass er mal eine Lektion erteilt bekommt.« Er stieß Julia auffordernd und voller Tatendrang an. »Kommen Sie, wir haben zu tun.«

Eine halbe Stunde später saß Jens mit Julia in dem kleinen Räumfahrzeug und fuhr durch den dichten Wald zur Blockhütte. Der Wagen mit den großen Rädern arbeitete sich mühelos durch den Schnee und es dauerte auch nicht lange, bis sie die Hütte erreichten. Ein kurzer Blick auf die Armbanduhr ließ Jens dennoch in Eile versetzen. Die Zeit drängte. Das Mittagessen dürfte maximal eine Stunde dauern, wenn Hubert seine Geschäftspartnerin noch etwas hinhalten konnte, vielleicht auch eine halbe Stunde länger.

Seine Besorgnis stellte sich als unnötig heraus. Julia beherrschte routiniert jeden Handgriff. Wie eine Profiköchin richtete sie aus ein paar Baguettes köstliche Brothäppchen her, die sie mit Schnittlauch und Gürkchen verzierte. Um nicht tatenlos herumzustehen, ging er ihr hilfreich zur Hand und arbeitete nach ihrer Anweisung. Später schaute er Julia verblüfft zu, wie sie geschickt das Sofa zur Schlafcouch umgestaltete, die nun eher einer Kuschelwiese ähnelte und das sollte sie ja wohl auch bezwecken. Dann wanderte Julia ins Schlafzimmer und holte eine Überwurfdecke und ein paar bunte Kissen hervor. Mit den Sachen bepackt schaute sie Jens plötzlich an.

»Sie sollten sich schon mal um das Kaminfeuer kümmern«, trug sie ihm auf, »das braucht immer eine Weile bis es richtig lodert.«

Schnell besann sich Jens und salutierte wie ein braver Soldat. »Aye Sir«, witzelte er, wandte sich zackig um und griff nach ein paar Holzscheiten. Lieblos warf er sie in den offenen Kamin und seufzte genervt. »Ich habe keine Ahnung, wie das geht.«

Erstaunt legte Julia eine Arbeitspause ein. »Haben Sie denn noch nie einen Grill angezündet?«

»Einen Grill?« Jens tat als müsse er grübeln. »Doch natürlich.«

»Das ist ähnlich«, erklärte Julia, »Sie müssen allerdings die Scheite etwas ordentlicher hinlegen.«

Entkräftet stieß Jens Luft aus. »Wieso benutzt Hubert nicht das Schlafzimmer? Das wäre doch viel einfacher.«

»Aber nicht so romantisch«, warf Julia Kritik ein.

Jens grunzte zynisch. »Romantisch«, presste er hervor, »was kann daran romantisch sein, einfach nur so herum zu vögeln?« Angewidert schüttelte er seinen Kopf. »Wie oft müssen Sie die Hütte hier herrichten?«, interessierte ihn.

»Na ja, so einmal im Monat.«

»Dieser Lustmolch«, ärgerte sich Jens, »und wissen Sie was?«

Julia schüttelte den Kopf.

»Ich«, betonte Jens erregt und tippte sich auf die Brust, »richte genauso oft sein Wohnmobil her, wenn er mal wieder behauptet, er führe zum Angeln.« Ihm schauderte es bei diesem Gedanken, aber dann legte sich ein böses Grinsen über sein Gesicht. »Aber es wird heute das letzte Mal sein.«

Nachdenklich schaute Julia ihren Vorgesetzten an. Sie überlegte, ob es Jens mit seinem Angebot von vorhin wirklich ernst meinte. »Haben Sie das eben ernst gemeint?«, fragte sie vorsichtig nach, worauf Jens sie fragend anschaute, »ich meine, mit der Partnerschaft.«

»Natürlich«, antwortete er mit ernsthafter Miene und klang etwas enttäuscht, dass Julia Zweifel an seinem Wort hegte, was er aber schnell ablegte, weil er es ihr nicht verdenken konnte, »ich könnte mir nichts Besseres vorstellen«, flüsterte er ihr zu, dann ballte er seine Hand und streckte sie hoch. Sein Blick wanderte ebenfalls nach oben. »Wir beide werden es Hubert beweisen, dass wir ebenso gut sind!«, gab er als Parole aus und plötzlich blieben seine Blicke an der Decke haften. Eine Weile betrachtete er einen Mistelzweig, der genau über dem Bett hing. »Raffiniert«, sagte er dann bewundernd, »Hubert ist ja ein richtiges Schlitzohr.«

Julia betrachtete auch kurz diesen Zweig und tat es dann lässig mit einem Schulterzucken ab. »Aber ziemlich lieblos«, bemerkte sie spitz, »es ist nur eine Nachbildung.«

Diese Tatsache tat Jens als bedeutungslos ab. »Scheint aber zu funktionieren.«

Julia begegnete seiner Mutmaßung mit einem milden Lächeln. »Ja«, bestätigte sie, »aber mit Nächstenliebe hat das wenig zu tun. Was hier abläuft, ist doch reines Geschäftsgebaren. Hier versucht doch jeder nur einen Vorteil zu erzielen. Oder könnten Sie sich vorstellen, morgens freiwillig neben Ihrem Bruder wach zu werden? Der Einzige, der Spaß dabei empfindet, ist er.« Sie betrachtete Jens intensiv, der diesen schauderhaften Gedanken, den Julia gerade aussprach, versuchte zu überwinden, was sie ihm ansah, während sich bei ihr hingegen ganz andere Gedanken abspielten. Mit einer Mischung aus Bedauern und Erleichterung betrachtete sie Jens, von dem sie insgeheim schon wünschte, er würde so ein kleines bisschen nach seinem Bruder schlagen. Mit ihm würde sie sogar freiwillig ins Bett steigen. Mit Sehnsucht behaftet wanderte ihr Blick nach oben und blieb am Mistelzweig hängen. Nicht einmal diesen Weihnachtsbrauch nutzte er als Anlass aus, um sie zu küssen. Aufgebend seufzte sie, wandte sich ab und griff nach der Tagesdecke, die sie zuvor auf die Schlafcouch gelegt hatte.

Bei Jens spielten sich ähnliche Gedanken ab. Aber wie immer spielte ihm seine Scheu einen Streich. Verdammt, dachte er. Es kann doch nicht so schwer sein, mit dieser Frau einfach mal über seine Gefühle zu ihr zu sprechen. Er glaubte sogar, dass sie es darauf anlegte. Oder doch nicht? War sie ihm gegenüber einfach nur höflich? Oder versprach sie sich bloß einen Vorteil daraus, wenn er sie verführte? Ach verdammt, durchfuhr es ihm in Gedanken. Wieso war das Leben so kompliziert?

»Würden Sie mal bitte anpacken?«, riss Julia ihn aus den Gedanken, »zusammen ist es einfacher die Decke auszulegen.«

Jens reagierte nicht. In seinen wirren Gedanken versuchte er immer noch eine Entscheidung zu fällen, jetzt und hier in dieser intimen Atmosphäre den Schritt zu wagen, sich ihr zu nähern, oder es besser beim alten zu lassen. So ein Techtelmechtel konnte doch auch vieles zerstören. Bei den wirren Gedanken, die er führte, bemerkte er gar nicht, dass er Julia anstarrte, während sie anhimmelnd auf eine Antwort wartete.

Als Jens so regungslos vor ihr stand und grübelte, fällte Julia eine Entscheidung. Sie wollte endlich Gewissheit, wie Jens zu ihr stand. Seinem jetzigem Benehmen nach, schrie er ja regelrecht danach, dass sie den Anfang setzte. Für ihn, in seiner Position als leitender Angestellter, konnte er schon missverstanden werden, wenn er ihr nun seine Aufwartung machte. Und nach seinem Angebot, sie als Teilhaberin mit in sein Hotel-Projekt einzubinden, ließen eigentlich keine Zweifel mehr offen, dass er sie verehrte. Und wenn sie dennoch danebenlag? Wenn schon. Es war Heiligabend. Wenn sie ihn jetzt küsste und er entsetzt reagierte, konnte sie auf den Weihnachtsbrauch verweisen und ihr Verhalten damit erklären. Und so überlegte sie nicht mehr lange, ließ die Tagesdecke wieder auf die Couch fallen, zog sich an Jens heran und drückte ihm einen Kuss auf. Noch bevor sie »Frohe Weihnachten« wünschen konnte, für den Fall, dass Jens doch keine Absichten hegte, zog er sie ruckartig heran und saugte sich an ihren Lippen fest. Dann legte er sanft seine Hände um ihr Gesicht und strahlte sie an.

»Auch von mir frohe Weihnachten«, hauchte er zart und küsste sie erneut und als Julia ergebend in seinen Armen lag, gab es keinerlei Zweifel mehr für ihn. Na endlich, entfuhr es ihm gedanklich, drückte Julia fest an sich und legte seinen Kopf an ihren. »Ich liebe dich«, flüsterte er und atmete erleichtert auf.

Auch wenn Julia sich im Moment im Glückstaumel befand, so führte sie sich ihre Pflicht wieder vor Augen. Vorsichtig gewann sie etwas

Abstand von Jens, obwohl sie sich am liebsten mit ihm aufs Bett geworfen hätte und... Und, eben.

Ihr Glück noch nicht wirklich fassen zu können, schaute sie Jens fest an. »Mir geht es genauso«, sagte sie sanft und lächelte ihn an. Bei seinem Antlitz fiel es ihr nun sehr schwer, ihn wieder an seine Aufgabe zu erinnern. Sie deutete auf das Sofa. »Wir sollten nun aber dennoch weitermachen...«

Jens stieß einen Kampflaut aus und ballte in Siegerpose seine Faust, womit er seinen Rachegelüsten völlig freien Lauf ließ, die seiner Seele Frieden gaben. »Ja«, stieß er euphorisch aus, »verschwenden wir keine Zeit.«

Unterdessen bemühte sich Hubert Liz noch etwas hinzuhalten, so dass sie witterungsbedingt kaum noch eine Wahl besaß, als den Weg in seine Hütte einzuschlagen. Vorteil für ihn, dass auf einer Nebenstrecke Liz' Heimweg sozusagen auf dem Weg lag, und Maik wäre nun äußerst töricht gewesen, jetzt noch die Hauptrichtung einzuschlagen. Denn die Straßen waren bereits so mit Schnee bedeckt, dass kaum noch ein Vorankommen möglich war, selbst mit Schneeketten nicht; und der Räumdienst arbeitete an den Feiertagen auch nicht unbedingt zuverlässig, außer sein eigener. Und wenn Liz geographisch wirklich wenig Kenntnisse besaß, so würde sie gar nicht merken, dass Maik sie hinterlistig in seine Arme trieb. Seine größte Hoffnung lag dabei auf seinem großzügigen Schweigegeld, das er Maik zugesteckt hatte.

Maik saß unterdessen schon im Wagen, den er zwischenzeitig unter das Parkdeck des Hotels vorgefahren hatte und zog neugierig den Umschlag hervor, der Huberts kleine Aufmerksamkeit barg. Ein erstaunter Pfiff entfuhr ihm und trieb ihm ein wenig die Schamröte ins Gesicht, als er vier Fünfzig-Euroscheine hervorzog. Sein Gewissen spielte ihm einen Streich. Bei so viel Geld sah er sich regelrecht verpflichtet, Liz in der Hütte abzuliefern, was andererseits aber an Verrat grenzte ihr gegenüber. Plötzlich traten wieder seine Zweifel auf, wobei seine Blicke Richtung Hotellobby wanderten, wo Liz mit Hubert am Eingang stand und sich noch mit ihm unterhielt. Irgendwie wurde bei ihm erneut das Gefühl entfacht, dass Liz gar keinen so großen Wert darauf legte Heim zu fahren, sonst hätte sie sich doch Vernunft halber schon längst von ihm verabschiedet und auch auf das Mittagessen verzichtet. Nachdenklich betrachtete er die Scheine, die er in den Händen hielt. Wahrscheinlich vertrieb der neue Vertrag allen Ekel und sie ließ sich tatsächlich auf ein Techtelmechtel mit Hubert ein und nutzte im Nachhinein die schlechte Witterung als Ausrede, dass ihr gar keine andere Wahl geblieben war, als seine Hütte aufzusuchen. So konnte sie obendrein auch ihr Gesicht wahren. Na ja, durchfuhr es ihn gedanklich, was ihn befriedigt schmunzeln ließ; und für ihn sprang ja auch noch ein netter Abend heraus. Warum eigentlich nicht? Und so steckte Maik das Geld wieder in den Umschlag zurück und stopfte ihn in seine Jacketttasche.

Wenig später kam Liz, mit ihrer Aktentasche unterm Arm geklemmt, auf den Wagen zumarschiert. Maik stieg sogleich aus und hielt ihr die Tür offen. Sie warf einen besorgten Blick in den mit Schneewolken behangenen Himmel, aus dem es kräftig schneite, wobei sie das Revers ihres Blazers zuzog. Als sie den Wagen erreichte und ihre Aktentasche in den Wagen warf, stöhnte sie genervt; und mit einem vielsagenden Augenrollen ließ sie sich dann erschöpft auf den Sitz sinken. Ab hier bestanden bei Maik keinerlei Zweifel mehr, was ihn schnell hinters Steuer bewegte, aber um wirklich alle Missverständnisse auszuschließen, hakte er dennoch vorsichtshalber nach. Er sah Liz dabei durch den Rückspiegel an.

»Wohin?«, stellte er ihr eine knappe Frage.

Mit schief gelegtem Kopf schaute Liz zurück. »Nach Hause«, gab sie das Ziel an und wunderte sich über seine Frage.

»Sicher? Herr Heg hat behauptet, Sie wären einverstanden. Er hat mir sogar eine Wegbeschreibung mitgegeben und mich für meine Diskretion bezahlt und einen netten Abend versprochen.«

Etwas entrüstet stieß Liz Luft aus. »Sie sollten mich gut genug kennen, dass ich mich auf diese sexistischen Geschäftsgebaren nicht einlasse.« Sie verzog angewidert das Gesicht. »Der erwartet allen Ernstes, dass ich mich im Engelskostüm vor dem Kamin räkele und auf ihn warte, bis er als Weihnachtsmann durch den Kamin gerutscht kommt.«

Ein erleichterter Ruck zog sich durch Maiks Körper, dass Liz Charakterstärke bewies und ihren Prinzipien treu blieb. »Welche Ausrede wollen Sie denn dieses Mal benutzen?«, interessierte ihn.

Liz schob ratlos ihre Schultern hoch, grübelte und stieß dann aufgebend Luft aus. »Keine Ahnung«, antwortete sie abwesend, »was hatten wir denn schon alles?«

»Ein Notruf Ihrer Eltern, eine Autopanne und den Weg nicht gefunden«, zählte Maik auf und wandte sich dabei nach ihr um.

»Wird langsam schwierig.« Liz überlegte angestrengt, wobei ihr ein widerlicher Gedanke kam. »Irgendwann erwischt es mich, dann wird er mir wahrscheinlich mit der Keule eins überziehen und in die Suite verschleppen«, spöttelte sie über Huberts Sexdrang.

Maik quälten nun ganz andere Sorgen. »Was soll ich denn jetzt mit dem Geld machen?«, fragte er. Sein Gewissen peinigte ihn schon ein wenig.

»Betrachten Sie es als zusätzliches Weihnachtsgeld, Heg hat genug davon«, tat Liz es als belanglos ab. Sie plagte sich nicht mit einem schlechten Gewissen herum. »Und fahren Sie endlich los, es ist noch mehr Schnee gemeldet«, drängelte sie. Diese Info besaß sie aus dem Fernseher, der in der Lobby hing.

Da mochte Maik nicht widersprechen und so startete er den Wagen und fuhr an. »Herr Heg wird mächtig sauer auf mich sein«, sorgte er sich ein wenig um seinen guten Ruf, »außerdem wartet heute Abend eine Dame auf mich. Ist mir schon etwas unangenehm, diese Verabredung nicht einzuhalten.«

»Oh«, stieß Liz bissig aus, »hat Heg sie besorgt, um Sie zu unterhalten?«

»Ja.«

»Dann sollten Sie sich schämen, dieses Angebot nur annähernd in Betracht gezogen zu haben.«

»Das tue ich. Aber das mit dem Schweigegeld, das ist mir schon sehr unangenehm.«

»Dann lassen Sie sich eine gute Ausrede einfallen«, riet Liz, »dann wird Heg Ihnen das schon verzeihen.« Sie griff nach ihrer Aktentasche und zog ein paar Unterlagen heraus. Liz besaß die Angewohnheit, die aktuell ausgehandelten Verträge noch einmal durchzugehen. »Außerdem brauchen Sie kein schlechtes Gewissen zu haben«, sagte sie unterdessen und fingerte nach ihrer Brille, ein schwarzes, dick umrandetes Gestell, und setzte sie auf. So perfekt Liz' Äußeres auch erschien, so litt sie jedoch in ihrem Alter schon an einer Altersweitsichtigkeit. »Das müsste eigentlich auf seiner Seite liegen, der Kerl ist verheiratet und hat drei Enkelkinder, außerdem könnte ich seine Tochter sein.« Sie schmunzelte versonnen und konnte sich einen Nachsatz nicht verkneifen. »Es wäre für seine Gesundheit viel besser, wenn er den Heiligabend mit seinen Enkelkindern verbringt, beim Mensch ärgere dich nicht«, spöttelte sie amüsiert, »als einen Herzinfarkt beim Sex zu riskieren.« Sie musste sich schütteln bei diesem Gedanken. »Einfach widerlich der Gedanke, dass dieser alte Mann seinen schwammigen Körper an meinem reiben will.«

Bei diesem Spruch entglitten Maik die Gesichtszüge und ein Schauer lief ihm den Rücken herunter, der ihn durchschüttelte. Bisher war es ihm immer gelungen diesen scheußlichen Gedanken zu unterdrücken. Musste sie das jetzt so aussprechen?

Als Maik sich so schüttelte, was Liz nicht verborgen blieb, entfuhr ihr ein Lächeln. Ein dankbares Lächeln. Auch wenn anfänglich ein ziemlich unterkühltes Verhältnis zwischen ihnen geherrscht hatte, so entwickelte sich nach und nach ein überaus vertrauliches Arbeitsverhältnis. Eines jener Art, welches Vera niemals mit einem Angestellten dulden würde. Aber sie wusste es ja nicht. Mittlerweile konnte sich Liz vollends auf Maiks Verschwiegenheit verlassen, sodass solche pikanten Situationen, wie diese mit Hubert, niemals an die Öffentlichkeit drangen. Nur sie und Maik würden es wissen; und Hubert natürlich.

Zusammengeschweißt wurden die beiden allerdings erst durch eine besondere Begebenheit. Liz hatte eine Einladung zu einem Bankett erhalten. Hohe und wichtige Leute waren geladen, die Liz als potentielle Kunden einstufte, sodass ihre Teilnahme an dem Event unabdingbar war. Der Haken war nur, es wurde an diesem Abend getanzt. Für Liz eine sehr heikle Angelegenheit, weil sie nicht tanzen konnte. Um sich vor einer Blamage zu schützen, vereinbarte sie eine private Tanzstunde, zu der Maik sie fahren musste. Maik verriet sie erst gar nicht, wo die Tour hin ging, was ihn am Ende sehr erstaunen ließ, als er vor einer großen Villa vorfahren musste, die zu einer Tanzschule gehörte.

Langsam ließ Maik den Wagen über den mit Kieselsteinen ausgelegten Weg rollen und stellte den Wagen neben einem anderen Wagen vor dem Haus ab. Wie gewohnt öffnete er die hintere Tür und ließ Liz aussteigen.

»Werden Sie lange brauchen?«, erkundigte sich Maik, um einen ungefähren Zeitrahmen zu ermitteln, nach dem er sich richten konnte.

Unschlüssig zuckte Liz mit der Schulter und überlegte kurz. »Keine Ahnung«, antwortete sie schließlich, »ist auch egal, weil Sie ohnehin mit reinkommen müssen.«

»Oh«, war Maik erstaunt, »Sie brauchen einen Leibwächter?«, spöttelte er.

»Nein. Einen Tanzpartner.«

»Oh nein«, wehrte sich Maik, wobei er schützend seine Hände hoch nahm, »ich kann überhaupt nicht tanzen.«

»Na glauben Sie etwa ich?«, entfuhr es Liz gereizt.

»Aber wieso?«, verstand er nicht.

»Ich muss es nächste Woche können. Nicht auszudenken, wenn ich einem möglichen Kunden auf den Füßen stehe.«

Erregt fasste sich Maik an die Brust und rang nach Fassung. »Aber warum ausgerechnet ich?«

»Weil Sie nun mal greifbar sind.« Liz wanderte unbeirrt vor und wandte sich nach wenigen Schritten nach Maik um, der immer noch regungslos die Tür vom Wagen offen hielt. »Na los!«, rief sie ihm ungeduldig zu, »kommen Sie schon.«

Ergebend stöhnte Maik leise, warf die Tür zu und folgte Liz, der nicht verborgen blieb, dass Maik ihr nur widerwillig folgte.

Eigentlich glaubte Liz, mit einem Abend Crashkurs, dieses Problem abhandeln zu können, aber letzten Endes musste sie fünf Abende á drei Stunden dafür opfern, womit sie Maiks Geduld und Freizeit ganz schön strapazierte, zumal sie ihn mit ihrer äußersten Disziplin ganz schön forderte. Aber der Erfolg gab ihr recht, was sie mit einem kostspieligen Abendessen krönte, zu dem sie Maik zur Entschädigung für die vielen Tanzstunden einlud. Seit diesem Abend durfte er ihr öfters Gesellschaft leisten und auf dem Bankett wurde er von Liz als ihr privater Bodyguard eingesetzt, sowie als Schlüsselbeauftragter und Brillenhalter. Denn Liz führte nie eine Handtasche mit sich, weil sie alles Nötige stets in ihrer Aktentasche mitschleppte. Ihren Hausschlüssel trug sie jedoch immer gerne am Körper bei sich, entweder in ihrem Blazer, oder sie heftete ihn an ihren Rock- oder Hosenbund. Aber in ihrem Cocktailkleid, welches sie an diesem Abend trug, erwies sich dies als unmöglich, also trug Maik anstelle ihr die Sachen in seinem Anzug mit. Und der positive Nebeneffekt? Liz wurde als eine äußerst wichtige Persönlichkeit eingestuft. Ein Schachzug, der auch bei ihren Eltern gut ankam und der am Ende auch ordentlich die Kassen klingeln ließ, weil Liz es tatsächlich gelang, jede Menge Kunden zu werben, die durch ihren Charme und tänzerisches Talent regelrecht benebelt wurden. Was ihren Eltern jedoch verborgen blieb, dass Maik ihr Tanzschulpartner war. Das wäre für sie unter aller Würde gewesen.

Trotz der schlechten Wetterlage, die erhöhte Konzentration forderte, warf Maik gelegentlich einen Blick in den Rückspiegel, um Liz zu beobachten, wie er es immer gerne handhabe. Ein vertrautes Bild wurde ihm geboten. Wie immer saß sie auf der Rückbank und studierte ihre Unterlagen. In all den Jahren hatte sich Liz nicht verändert. Nur ihre Haare trug sie nun etwas kürzer und zu einem flotten Bob geschnitten. Wie sehr er sich an diesen Anblick gewöhnt hatte, als sei er mit ihr verheiratet.

Die Wetterlage verschlechterte sich zunehmend. Immer mehr Schnee fiel vom Himmel. Mittlerweile gab es keine Straße mehr, die nun einem Zuckerwatteteppich glich. Zum Glück beherzte Maik Huberts Rat und schlug den Weg Richtung seiner Hütte ein, die er, wie versprochen räumen gelassen hatte, so dass Maik den Wagen noch einigermaßen steuern konnte. Und dennoch lag der Schnee schon wieder so hoch, dass er die weiße Masse mehr vor dem Wagen herschob, als dass er darüber fuhr und auch der Scheibenwischer erfüllte nicht mehr so richtig seinen Zweck.

»Mein Gott«, durchbrach Liz plötzlich die Stille, als sie besorgt aus dem Fenster schaute, »werden wir es nach Hause noch schaffen?«

Maik schüttelte den Kopf. »Ich fürchte nicht. Aber zum Glück liegt Hegs Hütte auf dem Weg«, teilte er mit.

»Vergessen Sie's«, lehnte Liz spontan ab und stopfte, aufgebracht über seinen Vorschlag, lieblos ihre Unterlagen in die Aktentasche.

Nach einem Ausweg suchend tastete Maik mit seinen Blicken, soweit die Sicht es zuließ, die Gegend ab. Ein paar Meter weiter erkannte er die Einfahrt zum Parkplatz, von dem Hubert gesprochen hatte. Genau wie er versprochen hatte wurde die Straße bis dahin einigermaßen freigehalten. Ab hier gab es nun keine andere Wahl, als den Parkplatz anzufahren und den Rest zur Hütte zu Fuß aufzunehmen. Kurz hinter der Zufahrt zum Parkplatz lagen die Schneemassen auf der Straße wie eine Wand aufgetürmt. Dort konnte man klar erkennen, dass das Räumfahrzeug auf den Parkplatz abgebogen war und diesen auch frei geräumt hatte. Maik erkannte, dass der Weg in Richtung Wald auch geräumt wurde, wobei er nicht klar erkennen konnte, wie weit.

Ohne Wahl befuhr Maik den Parkplatz und überlegte, wie er nun Liz erklären konnte, dass hier die Fahrt endete, ohne dass sie einen Wutanfall erlitt. Ihm blieb keine Zeit darüber nachzudenken.

»Was ist los?«, verlangte Liz zu erfahren, als der Wagen anhielt.

»Es geht hier nicht weiter«, verkündete Maik und wandte sich Liz zu, »die Straße wurde nur bis hierher geräumt.«

Angestrengt und nach einem Ausweg suchend blickte Liz erregt umher, versuchte durch den herabfallenden Schnee irgendwas erfassen zu können, das wie ein Haus aussah. Aber mehr als 100 Meter weit konnte sie nicht sehen. »Was machen wir jetzt?«, erkundigte sie sich ängstlich.

»Na ja«, fing Maik vorsichtig mit einem Vorschlag an, »wie schon gesagt, liegt Hegs Hütte hier auf dem Weg.«

»Kommt gar nicht in Frage«, lehnte Liz konsequent ab, »wir werden warten bis ein Räumfahrzeug kommt.«

»Es wird keines kommen«, stellte Maik klar, »das hier ist eine Nebenstrecke....«

Bei Liz entglitten die Gesichtszüge wobei sie entrüstet ihre Brille abzog. »Eine Nebenstrecke?«, presste sie wütend hervor.

»Nun ja«, stammelte Maik und suchte nach einer Ausrede, »ich dachte es sei sinnvoll«, verteidigte er sich, »weil Heg versprochen hatte, den Weg freizuhalten....«

Verärgert stieß Liz ihren Groll aus. »Das haben Sie sich ja fein ausgedacht«, hegte sie einen bösen Verdacht.

»Ich habe mir gar nichts ausgedacht«, entgegnete Maik brüskiert über ihren gemeinen Vorwurf, »ich hatte gehofft, dass durch Hegs Räumdienst mir hier auf dem Weg der Anschluss zur Autobahn gelingt. Es hat leider nicht geklappt.«

»Wäre es nicht sinnvoller gewesen den Hauptweg zu benutzen?«

»Möglich«, antwortete Maik, »aber hier in der Ecke sind fast alle Straßen irgendwie Nebenstrecken und werden nicht geräumt oder halt nur selten.« Seine Erklärung klang mehr wie eine Ausrede, die Liz auch so aufnahm.

»Ach«, konterte Liz gereizt, »kommen Sie mir nicht mit dieser Ausrede. Sie sind mein Chauffeur und werden von mir dafür bezahlt; da kann ich ja wohl erwarten, dass Sie eine sichere Route planen. Außerdem hilft Ihnen ein Navi, das ebenfalls von mir bezahlt wurde.« Ihr Ton klang so herablassend, dass Maik sich sehr verletzt fühlte. Eingeschnappt setzte er sich wieder ordentlich ans Steuer und schnaubte vor sich hin.

»Sie sind selber schuld«, schmollte er, »schließlich mussten Sie ja noch unbedingt mit Heg essen gehen. Wir hätten schon fast zuhause sein können.«

»Das ist ja mal wieder typisch Mann!«, brauste Liz laut auf, »wenn was schief läuft sind dann die Frauen schuld! Ich habe hier bloß meinen Job erfüllt«, brüllte sie weiter, »und sichere somit Ihren Arbeitsplatz!«

Von ihrem Geschrei angestachelt wandte sich Maik wieder hastig um, wobei er seinen Arm auf die Lehne legte. »Schreien Sie mich nicht so an, wir sind nicht verheiratet!«, konterte er sauer.

Eingeschüchtert drückte sich Liz in den Rücksitz und schaute Maik ängstlich an. »Was erlauben Sie sich?«, empörte sie sich.

»Tun Sie doch nicht so unschuldig«, hielt er Liz unbeeindruckt vor, »Ihr Zeit schinden ließ mich glauben, dass Sie es regelrecht darauf anlegten in Hegs Hütte zu landen; und am Ende geben Sie mir die Schuld dafür, damit Sie sauber dastehen.«

Gelähmt von seiner bösen Anschuldigung rang Liz nach Atem. »Das ist ja wohl der Gipfel. Sie wissen genau, dass vor der Schlafzimmertür Schluss ist. So gut sollten Sie mich mittlerweile kennen.« Plötzlich kam ihr wieder der Gedanke, den sie zuvor schon hegte. »Sie sind doch der, der hier den Unschuldigen mimt. Für wie viel haben Sie mich an Heg verkauft?«

Empört atmete Maik auf. »Ich habe Sie nicht verkauft«, stritt er ab, »ich habe lediglich aus Vernunft gehandelt, wovon man bei Ihnen nicht reden kann«, raunte Maik, setzte sich wieder gerade vors Lenkrad und platzierte den Wagen ordentlich auf dem Parkplatz, soweit er das überhaupt beurteilen konnte.

»Was wird das hier?«, entfuhr es Liz, der man die Panik an der Stimmlage anhören konnte.

»Ich stelle den Wagen sicher ab, bevor uns am Ende ein Räumfahrzeug übersieht.«

»Oh gut«, stieß Liz bissig aus, »dann schließen Sie also nicht aus, dass geräumt wird. Und wäre es nicht besser, Sie würden Hilfe anfordern?«

Mit einem zynischen Laut warf Maik einen Blick auf sein Smartphone, das in der Halterung der Mittelkonsole steckte. »Wir haben keinen Handyempfang. Selbst das Navi hat aufgegeben.«

Ungläubig durchstöberte Liz ihre Aktentasche und zog ihr eigenes Smartphone hervor, beäugte es ohne Brille mit zugekniffenen Augen und schob es dann wieder entmutigt in die Tasche, als sie auch ohne Brille erkannte, dass Maik Recht hatte.

Unbeirrt kramte Maik Huberts Wegbeschreibung hervor, faltete den Zettel auseinander und studierte ihn aufmerksam, wobei er gelegentlich einen Blick aus dem Fenster warf um sich zu orientieren. Plötzlich zeigte er in eine Richtung. »Wenn mich mein Orientierungssinn nicht trügt liegt Hegs Hütte in dieser Richtung«, verkündigte er.

»Woher wollen Sie das wissen«, warf Liz mürrisch Kritik ein, »man kann ja nicht die Hand vor Augen sehen.«

»Na so schlimm ist es nun auch wieder nicht«, konterte Maik überlegen und deutete auf den frei geräumten Weg, der in den Wald führte, den Hubert extra für ihn frei räumen gelassen hatte, »die Hütte kann ja nur in dieser Richtung liegen.«

»Ich finde, wir sollten noch etwas warten, bevor wir überstürzt zur Hütte laufen.«

»Also ich werde hier nicht warten«, sagte Maik energisch, »denn wenn wir zu lange warten, müssen wir uns auch noch mit der Dunkelheit auseinandersetzen.« Entschlossen öffnete er die Tür, zögerte aber einen Moment und betrachtete missmutig die weiße kühle Masse, die ihm zu Füßen lag. Nur ein Schritt genügte und der Schnee würde in seine Stiefeletten einfallen. Denn mittlerweile reichte ihm der Schnee, hier an dieser Stelle, bis zum Knöchel, trotz Huberts Räumdienst. Aber eine andere Möglichkeit bot sich ihm nicht, da musste er nun durch, zumindest bis zum Kofferraum, denn dort lag passendes Schuhwerk für den Winter und Mäntel, sowie Waschzeug und Wäsche zum Wechseln. Ein so zusagendes Notfallpaket, was Liz immer für sich und Maik mitführte, seit sie einmal unplanmäßig, durch ein Unwetter gezwungen wurden, in einem Hotel zu übernachten.

Mutig setzte Maik den Fuß in die weiße Masse und sank, wie befürchtet, knöcheltief ein, so dass eine Ladung Schnee in seinen Stiefeletten fiel. Für einen Moment fröstelte es Maik, doch er ertrug es wie ein Held und setzte den zweiten Fuß nach.

»Das ist doch jetzt wohl nicht Ihr Ernst?«, schimpfte Liz ihm hinterher, doch Maik ließ sich nicht beirren, warf die Tür zu und stapfte schnell an den Kofferraum und ließ mit der Fernbedienung den Deckel aufspringen, der unter den Schneemassen nur gemächlich nach oben sprang. Mit gezielten Handgriffen holte Maik eine wattierte Jacke hervor und zog sie sich schnell über, dann griff er nach ein paar Schneeboots, setzte sich auf die Ladekante des Kofferraums und wechselte das Schuhwerk. Unterdessen hörte er Liz rufen und an der Heckscheibe aufgeregt klopfen.

»Maik! Was machen Sie da?«

»Ich mache mich winterfest!«, rief er patzig zurück, »ich werde auf gar keinen Fall warten, bis der Wagen bis oben hin zugeschneit ist und wir keine Möglichkeit mehr haben, aussteigen zu können«, rief er ihr über seine Schulter zu, »das ist der sichere Tod!«, übertrieb er ein wenig.

»Reagieren Sie da nicht ein wenig arg hysterisch?«, schrie Liz zurück, was bei Maik fassungsloses Kopfschütteln auslöste.

Er und hysterisch, dachte er. Sie war es doch, die panisch agierte, nur weil Hubert auf sie wartete, während er versuchte einen kühlen Kopf zu bewahren. Kühler Kopf, bei dieser Witterung. Was für ein Wortwitz, dachte er und schenkte Liz keinerlei Beachtung.

Als Maik in den Schneeboots steckte, die Jacke bis zum Hals zugezogen und die Kapuze übergezogen, raffte er Liz' Boots und Jacke hervor presste alles mit einer Hand an seinen Körper und zog nun eine kleine Reisetasche hervor, die das Nötigste für eine Nacht barg, und hängte sie sich über. Er zog eine zweite, etwas größere Reisetasche hervor und ließ sie an seiner Hand baumeln, die er mit der Jacke und Boots gepresst am Körper hielt. Heftig warf er den Kofferraumdeckel wieder zu und stapfte an die hintere Wagentür und riss sie auf. Auffordernd schaute er Liz an.

»Seien Sie vernünftig und kommen Sie mit zur Hütte«, forderte er sie auf und reichte ihr die Reisetasche in den Wagen.

Verweigernd presste sich Liz in den Sitz. »Niemals.«

»Schön, wie Sie wollen«, entgegnete Maik unerbittlich und warf Liz rücksichtslos die Sachen der Reihe nach in den Wagen, die auf ihr landeten, »meinetwegen bleiben Sie hier.« Er zog den Wagenschlüssel hervor, wog ihn kurz in seiner Hand und warf ihn ebenfalls in den Wagen, sodass er auf dem Vordersitz landete. »Wenn Sie den Motor laufen lassen, sitzen Sie ungefähr noch drei Stunden warm.«

Entsetzt starrte Liz ihren Fahrer an, brauchte eine Weile, bis sie darauf antworten konnte. »Sie lassen mich zurück?«

»Ja«, gab er ihr unmissverständlich zu verstehen.

»Wenn Sie das tun, können Sie sich einen neuen Job suchen!«, drohte Liz ihm aufgebracht an.

Unbeeindruckt nickte Maik. »Wegen mir«, konterte er abfällig, »besser arbeitslos, als tot«, servierte er trocken, warf die Tür zu und stapfte unbeirrt los. Im Gehen zog er ein paar Wollhandschuhe aus den Jackentaschen hervor und zog sie sich über die Finger.

Eine Weile starrte Liz ihrem aufsässigen Angestellten hinterher, der nur mühselig vorankam. Der aufgetürmte Schnee zwang ihn seine Füße recht hoch nehmen zu müssen. Ein Akt der viel Kraft von ihm abverlangte. Dabei war hier das Stück kürzlich noch geräumt worden.

Eine Weile überlegte Liz, wie sie weiter verfahren sollte. Warten, bis jemand zufällig vorbeikam, oder war es doch besser angesagt, den Weg zur Hütte zu wagen, wo ein liebestoller Kunde auf sie lauerte im Weihnachtsmann-Kostüm? Verzweifelt grübelte sie hin und her. So stellte sie sich Weihnachten nun überhaupt nicht vor.

»Oh Mist!,« fluchte Liz und wägte das kleinere Übel ab. Noch befand sich Maik in Sichtweite und je mehr er sich von ihr entfernte und die Sicht zu ihm verschwommener wurde, desto größer breitete sich bei ihr die Panik aus. Plötzlich riss sie die Tür auf, stellte sich auf die Trittkante und hielt sich an der Tür fest. Umher wirbelnder Schnee verschleierte ihr die Sicht und wirbelte um sie herum. »Maik!«, rief Liz gegen die Schneemassen an, doch der reagierte gar nicht, stapfte unbeirrt weiter.

Sie atmete tiefer durch und rief mit schriller Stimme mehrmals nach ihm.

Auch wenn der herabfallende Schnee Liz' Stimme dämpfte, so hatte Maik ihr Rufen sehr wohl gehört, aber er wollte sie etwas auf die Folter spannen. Sollte sie ihn doch anflehen, nach all ihren unbegründeten Vorwürfen, die er sich gefallen lassen musste. Ihre Panik bereitete ihm mit jedem ihrer Rufe mehr und mehr große Freude. Ja, dachte er überlegen, auch wenn sie Millionen besaß, so war sie nun auf einen kleinen Angestellten angewiesen, der sie sicher zur Hütte lotste. Als er glaubte ihren Blutdruck zur Genüge angetrieben zu haben, stoppte er ab und wandte sich dem Wagen zu.

»Warten Sie!«, rief Liz und ließ keine unnütze Zeit verstreichen, als Maik ihr zunickte, was sie mehr erahnte, als wirklich erkennen konnte. Hektisch zog sie sich die Wintersachen über, was in dem engen Wagen gar nicht so einfach war. Dann stieg sie aus, zog ihre Akten u.- Reisetasche an sich heran, drückte beides an ihre Brust und verriegelte dann den Wagen. Aufgebracht, durch diese missliche Lage, grollte sie vor sich hin und zog sich zum Schutz die Kapuze über. Und obwohl Liz zu schnellem Frösteln neigte, bemerkte sie in ihrem Brass kaum die Kälte. Ihre Wut brachte ihr Blut so zur Wallung, dass sie ins Schwitzen geriet.

Mit energischem Stapfen folgte sie Maik, der sich keinen Millimeter ihr entgegen bewegt hatte. Etwas leicht außer Atem kam sie auf ihn zu und schaute ihn verachtend durch ihre tief herabgezogene Kapuze an.

»Das hat noch ein Nachspiel«, drohte sie ihm an.

Mit gleichgültiger Miene wandte sich Maik um und stapfte voran, obwohl er nun, ebenso wie Liz, kochte vor Wut. Wie kam sie nur darauf, dass sie ihm so maßlos misstraute, nach all den Jahren, in denen er ihr diente? Undankbares Miststück, dachte er und schenkte ihr keinerlei Beachtung.

Eine Zeitlang wanderten sie stumm nebenher, bis der Weg enger wurde und der liegengebliebene Schnee noch höher lag. An dieser Stelle konnte man klar ersehen, dass hier das Räumfahrzeug gewendet hatte. Ab hier hieß es nun, die Füße noch höher zu nehmen.

Liz nahm die neue Situation kommentarlos hin. Sie zog lediglich ihre Reisetasche über ihrer Schulter zurecht und klemmte ihre Aktentasche noch fester unter den Arm. Dann atmete sie tief durch, um sich selbst zu ermutigen, wobei sie in ihrer Not Maik einen flehentlichen Blick zuwarf, als erhoffte sie eine Lösung ihres Problems von ihm.

»Sie machen sich zu viele Gedanken«, redete Maik ihr plötzlich Mut zu. Ihr Blick hatte ihn mitten ins Herz getroffen.

»Ach«, entgegnete Liz mürrisch, »tu ich das?«

»Na ja«, stammelte Maik ratlos, »wenn Sie nicht wollen, dann wollen Sie eben nicht. Heg kann Sie doch nicht zum Sex zwingen.« Ihm kam plötzlich ein Gedanke, wie er Liz beruhigen konnte. »Außerdem werde ich in der Funktion als Ihr Bodyguard nicht von Ihrer Seite weichen. Kaum zu glauben, dass er in meiner Anwesenheit seinen Tribut einfordert.«

Gereizt stieß sie die Luft aus. »Heg hat Ihnen Geld gegeben, damit Sie schweigen. Und einen netten Abend versprochen.«

»Dann gebe ich ihm das Geld zurück.«

»Herr Storm«, nannte Liz ihn gewichtig, »Heg ist ein Ehrenmann und er verlässt sich auf Sie und wird Sie eher zum Duell herausfordern, wenn Sie plötzlich Ihre Meinung ändern.«

Auf diese Aussage konnte Maik nur milde lächeln. »Wir sind doch nicht im wilden Westen.«

Liz gestikulierte erregt umher. »Doch«, widersprach sie, »mitten im Wester-Wald«, betonte sie ausdrücklich und schaute ihn rechthaberisch an, »außerdem ist Heg Jäger. Und ich schätze, dass er jemanden beauftragt hat, Sie notfalls mit Gewalt aus der Hütte zu zerren.«

Beirrt und mit ein wenig Angst behaftet kniff Maik seine Augen zusammen, weil Hubert im aufgetragen hatte, mit seinem Bruder ins Hotel zurückzukehren. Hoffentlich handelte es sich nicht um einen Karatekämpfer, der ihn in die Knie zwingen konnte. »Sie versuchen mich einzuschüchtern.«

»Nein. Es ist so«, stellte Liz klar, obwohl sie schon ein wenig übertrieben hatte. Aber ihre Situation blieb vertrackt. »Wenn ich jetzt keine plausible Ausrede habe und ich in seiner Hütte erscheine, geht er davon aus, dass ich einvernehmlich gekommen bin; und wenn ich dann ablehne, nimmt der mit Sicherheit, das Widerspruchsrecht in Anspruch und tritt vom Vertrag zurück«, erklärte sie und hoffte, dass Maik die Sache mit der Ehre unter Geschäftsleuten verstand.

Lässig schob Maik seine Schulter hoch. »Dann soll er doch.«

Maiks Naivität ging an Liz' Erträglichkeitsgrenze. Scheinbar nachdenklich kehrte sie in sich, aber in Wahrheit versuchte sie nur ihre Geduld nicht zu verlieren. »Wir reden hier über eine halbe Million«, gab sie ihm dann zu verstehen.

»Dann weiß ich nicht, was Sie für ein Problem haben? Es gibt Frauen, die halten ihren Hintern für weniger hin«, platzte es respektlos aus ihm heraus.

Matt ließ Liz ihren Kopf hängen. »Oh Maik«, presste sie angewidert aus, »Sie sind ein Ekel.«

Plötzlich stieß Maik einen erstaunten Laut aus, was Liz auffahren ließ.

»Was ist?«, fragte sie hastig und schaute ängstlich umher, weil sie Gefahr vermutete.

»Es hat aufgehört zu schneien«, verkündigte er freudig und strahlte Liz an, als sei dies die Lösung aller Probleme.

»Fein«, stieß Liz entkräftet aus, »jetzt müsste nur noch Fön einsetzen; und ich wäre gerettet.«

»Na ja«, warf Maik ein, »kurzfristig schon, aber langfristig, wird Heg doch nicht aufgeben, so wie die Erfahrung zeigt.«

»Sie können einem wirklich richtig Mut machen«, entgegnete Liz angesäuert, obwohl sie selbst genau wusste, dass er Recht besaß. Ja, musste sie sich zugestehen, irgendwann war wohl Zahltag, und heute schien dieser Tag sehr nahe zu sein. Ratlos schaute sie umher. Die weiß eingehüllte Landschaft weckte schon ein wenig weihnachtliche Gefühle in ihr. Jetzt gemütlich am Kamin sitzen, dachte sie, und einen heißen Grog genießen. Sehnsüchte stiegen in ihr auf, wobei es ihr etwas fröstelte, wobei sie aber nicht unterscheiden konnte, ob es sich dabei um die Kälte handelte, oder durch Ekel ausgelöst vor Hubert.

In der Blockhütte setzte Jens zum Finale an. Er zog den Kleidersack auf und ließ das Engelskostüm auf das Bett segeln. Mit geschickten Handgriffen zog er das hauchzarte Seidenkleid zurecht und schüttelte etwas fassungslos den Kopf, als er das Kleid betrachtete. Er konnte kaum mehr zählen, wie oft er für seinen Bruder schon ähnliche Kostüme und Sexspielzeuge ausgelegt hatte, um ihm vergnügliche Stunden im Wohnwagen zu bereiten. Einfach widerlich.

»Schade, dass wir nicht Mäuschen spielen können«, bedauerte Julia, die plötzlich hinter Jens stand.

»Ja, schade«, befand Jens auch und musste hämisch grinsen, weil ihm sein böser Plan in den Sinn kam, »ja«, bestätigte er erneut, »wirklich schade«, betonte er im zynischen Ton.

Diabolisch schmunzelten sich Jens und Julia an, die ihrer Schadenfreude kaum noch Ausdruck verleihen konnten.

»Na komm«, forderte Jens sie auf, »was hältst du von einem guten Feiertagstrunk?« Er wartete gar keine Antwort ab und wanderte sogleich in die Küche, wo ihm Julia nachfolgte und Sekunden später schon den Korken knallen hörte.

»Ist das nicht ein wenig unverschämt, deinem Bruder den teuren Sekt weg zutrinken?« Mit bedenklicher Miene schaute sie Jens von der Tür aus an, der mahnend mit der Zunge schnalzte und enttäuscht sein Kinn in Falten legte.

»Sekt?«, entfuhr es ihm empört, »das ist Champagner«, korrigierte er und musste dann lachen, »na komm schon, nur keine Scheu. Mein Bruder kennt da auch keine Hemmungen.« Er reichte ihr ein Glas und beäugte seines fachmännisch. »Außerdem hat Hubert genug von dem Zeug.« In Feierlaune stieß er sein Glas gegen Julias und lächelte sie sanft an, wobei sie gleich an ihn herangerückt kam und einen Kuss forderte, ein Wunsch, den Jens sofort erfüllte.

Nur mühselig kamen Liz und Maik voran. Mehrmals stoppte Liz vor Erschöpfung ab und stöhnte leise.

»Maik«, rief sie ihn plötzlich matt an, »sind Sie sicher, dass wir richtig sind?« Sie warf ihren Arm umher. »Wir müssten die Hütte doch eigentlich schon sehen können.«

Unschlüssig verzog Maik sein Gesicht. »Die Hütte liegt ziemlich tief im Wald«, erklärte er und hoffte inständig, dass er Huberts Beschreibung auch tatsächlich richtig gedeutet hatte. Auch ihm kamen mit jedem weiteren Schritt Zweifel.

»Wir hätten besser im Wagen warten sollen«, hielt Liz ihm vor, »wahrscheinlich ist schon längst ein Räumfahrzeug vorbeigekommen und wir schinden uns hier unnötig ab.«

»Alles reine Spekulation«, verwarf er Liz' Bedenken und redete sich innerlich selber Mut zu, »nun kommen Sie«, spornte er sie an und griff nach ihrer Aktentasche, um sie zu entlasten.

»Vorsicht!«, mahnte Liz und warf einen bedeutsamen Blick auf ihre Aktentasche, »da steckt eine halbe Million drin.«

»Vorausgesetzt, Sie spielen heute das Engelchen«, servierte Maik trocken.

Verachtend warf Liz ihrem rotzigen Chauffeur einen strengen Blick zu. »Sie sind ganz schön vorlaut«, befand sie, »Sie vergessen wohl, dass ich Ihre Vorgesetzte bin.«

»Ach«, stieß Maik erstaunt aus, »ich denke, nicht mehr.«

»Noch ja«, bedeutete sie ihm streng, »und deswegen kann ich ja wohl immer noch Respekt erwarten. Außerdem schreibe ich Ihr Zeugnis«, setzte sie bedeutsam hinzu.

Pikiert kniff Maik seine Augen zusammen. »Ich weiß nicht, was Sie haben? Ich habe doch bloß Fakten dargelegt«, verteidigte er sich.

Liz schloss für einen Moment ihre Augen und verschluckte ihren Groll, weil sie in diesem Punkt nicht widersprechen konnte. Wenn ihr nicht etwas Plausibles einfiele, konnte sie den Vertrag vergessen, wenn sie ihr Versprechen nicht einlöste.

Ein plötzliches lautes Knackgeräusch ließ Liz zusammenfahren und ängstlich umherschauen. »Was war das?«

Forschend schaute Maik umher. »Keine Ahnung«, sagte er dann, als er nicht auffälliges entdecken konnte, »vielleicht ein Tier.«

Beruhigt nickte Liz zustimmend. Was sollte auch sonst hier im Wald sein, dachte sie. Ein Reh wahrscheinlich, mutmaßte sie und als sie weiter darüber nachdachte, welche Tiere sonst noch so im Wald lebten, brach sie plötzlich in Panik aus. Erst kürzlich hatte sie einen Bericht gelesen, dass in deutschen Wäldern der Wolf wieder Einzug hielt. Sie holte tief Luft und stieß panisch das Wort »Wölfe« aus. »Wir sollten sehen, dass wir in die Hütte kommen«, sagte sie hektisch, wobei ihr Körper anfing zu beben, »sonst werden wir noch zum Futter.« Eilig stapfte sie voran.

Für einen kurzen Moment empfand Maik diese Panik völlig unbegründet, aber als er erneut ein Knackgeräusch vernahm, eilte er Liz schleunigst hinterher. Schnell hatte er sie eingeholt und schaute sie vorwurfsvoll von der Seite an. »Sie hätten das Essen ablehnen sollen«, hielt er Liz vor, »jetzt sind wir hier schutzlos ausgeliefert.«

Brüskiert stoppte Liz, trotz ihrer Panik, ab. »Wie kommt es eigentlich, dass Männer die Schuld immer bei den Frauen suchen?« Sie wartete keine Antwort ab, schnaubte bloß beleidigt und stapfte wieder voran.

Undankbares Weib, fluchte Maik in Gedanken. Hoffentlich vergaß sie in seinem Zeugnis nicht die guten Taten, die er die ganzen Jahre geleistet hatte. Mit schnellen Schritten folgte er seiner Vorgesetzten und holte sie schnell wieder ein.

Nach einer Weile erreichten sie eine Abzweigung.

»Da!«, rief Liz aufgeregt und zeigte in eine Richtung, »das muss die Hütte sein.«

Ca. 50 Meter entfernt lag eine Blockhütte, die laut Huberts Beschreibung tatsächlich diese besagte Hütte sein musste. Die Klappläden waren verriegelt und vor einer kleinen Veranda stand ein kleines Räumfahrzeug geparkt.

Zunächst legte Liz einen noch eiligeren Gang ein, um endlich der Wildnis zu entkommen, doch nur wenige Schritte später drosselte sie ihr Tempo. Vor den Wölfen war sie nun in Sicherheit aber nicht vor dem hungrigen Löwen, der in diesem Käfig auf sie lauerte. Sie stieß einen verzweifelten Laut aus, der all ihren Unmut ausdrückte. Nur noch ein Wunder konnte sie nun retten.

»Ah«, stieß Maik plötzlich freudig aus und erlangte Liz' volle Aufmerksamkeit, die ihm fragend ihren Kopf zuwandte, worauf er auf das schneebedeckte Dach der Hütte zeigte, wo aus dem Kamin Rauch emporstieg, »die Kaminnummer bleibt Ihnen schon mal erspart«, witzelte er, worauf Liz mit einem scharfen Blick reagierte, »sonst würde er sich jetzt gehörig die Eier verbrutzeln«, setzte Maik amüsiert nach.

»Sehr witzig«, entgegnete Liz angewidert, »Sie sind wirklich vulgär.« Sie steuerte auf die Veranda der Blockhütte zu und stieg die Stufen hinauf, auf denen kein Schnee lag, weil das Vordach weit darüber ragte. Als sie vor der Tür stand wandte sie sich hilfesuchend nach Maik um, der immer noch unten stand, als legte er gar keinen Wert darauf, die Hütte zu betreten, um sie Hubert regelrecht zum Fraß vorzuwerfen.

Als Maik Liz' verzweifelte Blicke trafen, konnte er ihr nicht mehr ernsthaft böse sein. All ihre Vorwürfe und auch die Kündigung hatte er ihr in diesem Moment verziehen. Bei dem, was nun auf sie zukommen würde, konnte er ihre Nervosität vollends verstehen. Aber andererseits, hatte sie es sich selber eingebrockt.

Plötzlich wandte sich Liz der Tür zu, stampfte mit ihren Füßen, um ihre Boots vom Schnee zu befreien und klopfte sich ihre Jacke ab. Sie zog einen Handschuh ab und klopfte zaghaft an der Tür. Bei allem was hier auf sie lauerte, so sehnte sie sich jetzt dennoch nach etwas Wärme und Behaglichkeit.

Niemand antwortete ihr und so klopfte Liz erneut. Diesmal kräftiger. Immer noch keine Antwort.

Nun schritt Maik zur Tat und trat ebenfalls auf die Veranda. Auch er sehnte sich nach Wärme; und wie Liz zuvor befreite auch er sich vom Schnee und griff nach der Klinke. Blitzschnell griff Liz nach seiner Hand, hinderte ihn, die Tür zu öffnen und sah ihn flehentlich an.

»Ich glaube, ich werde Heg den Vertrag um die Ohren hauen, sollte er wirklich darauf bestehen mit mir...« Von Scham befallen sprach sie den Satz nicht aus.

Etwas verzückt über ihre Entscheidung verzog Maik seine Mundwinkel. »Sie riskieren eine halbe Million?«, rief er ihr in Erinnerung, was schon beinahe wie ein Vorwurf klang, dann drückte er die Klinke, worauf die Tür einen Spalt aufsprang. »Ist offen«, verkündigte er und ebnete Liz den Weg, die ihn missmutig anschaute.

»Mir ist es damit ernst«, beteuerte sie ihre Entscheidung und trat dann zögerlich ein. Vorsichtig schritt sie über eine Schmutzmatte, die gleich hinter der Tür ausgelegt lag. Wohlige Wärme strömte ihr vom lodernden Kamin entgegen, der dem rustikalen Raum etwas Gemütliches verlieh, und sie sich jetzt am liebsten an dem Kamin aufgewärmt hätte. Aber zunächst musste sie die Lage checken und setzte auf leisen Sohlen einen Fuß vor den anderen, wobei sie an einer gemütlichen Eckbank mit einem rustikalen Tisch vorbeischritt, die rechts in einer Nische stand, wo sie ihre Handschuhe ablegte. Etwas verängstigt schaute sie sich forschend um. Sie traute sich dabei gar nicht, nach jemandem zu rufen, aus Not, Hubert könnte schon auf sie lauern, verkleidet als Weihnachtsmann und sie aus irgendeinem versteckten Winkel anspringen. Plötzlich vernahm sie menschliche leise Stimmen, die aus einem Nebenraum zu hören waren.

»Hallo!«, rief Liz zaghaft, wagte einen Blick in den Raum und fand dort Jens vor mit einer seiner Angestellten, die sich gerade ihren Rock richtete, was Liz zu einer Vermutung verleitete.

Jens schritt sogleich auf Liz zu. »Da sind Sie ja«, strahlte er ihr unbeirrt entgegen, »herzlich willkommen«, begrüßte er sie freundlich. Seine Höflichkeit und sein nettes Strahlen beruhten allerdings darauf, dass die Verwirklichung seines Plans immer näher rückte. »Sie sind spät dran«, spielte er dann den Besorgten.

Verstohlen wandte sich Liz kurz nach Maik um, der neben dem Tisch stand und dort die Aktentasche auf der Eckbank ablegte, sowie seine kleine Reisetasche und sich die Handschuhe abzog und ebenfalls dort ablegte. »Ja«, stammelte sie verlegen, »wir hatten auch nicht mehr damit gerechnet.«

»Ich bin froh, dass ich den Wagen noch auf den Parkplatz lenken konnte«, erklärte Maik, der sich Liz nun näherte und Jens dabei genau betrachtete und bedenklich erkannte, dass Huberts Bruder im Gegensatz zu ihm sehr athletisch daherkam, wovon er sich aber erkennbar nicht beeindrucken ließ, »ich fürchte, ohne fremde Hilfe komme ich da nicht mehr weg. Es sei denn, ich warte auf das Frühjahr«, witzelte er.

»Na ja«, mischte sich Jens ein, schenkte Maiks kleinem Scherz aber keinerlei Beachtung, »das ist kein Problem, da kann ich Ihnen morgen früh weiterhelfen.«

»Nun ja«, warf Julia dazwischen, die sich nicht nur ertappt fühlte, sondern wie ein Flittchen vorkam, die alle Männer bediente. Aber aus dieser Rolle kam sie nun mal nicht mehr heraus. »Aber nun sind Sie ja hier.« Sie blickte Maik gezielt an und lächelte gezwungen freundlich, worauf dieser in seiner Verzückung angetan zurück lächelte.

»Oh hallo«, warf Maik ihr charmant zu und trat an sie heran, »sind Sie etwa...« Er lachte zweideutig und war schon sehr erstaunt, dass Heg bei der Auswahl seiner Gute-Nacht-Begleiterin einen so guten Geschmack bewies und ihm die nette Dame zur Verfügung stellte, die ihm schon den ganzen Morgen etwas versüßte. »Die Dame, die mich unterhalten soll?«

Bei Maiks Bereitwilligkeit wurde bei Julia Unwohlsein ausgelöst, was ihr freundliches Lächeln einfror. Auch wenn Jens sie vor dem Schlimmsten bewahren würde, fühlte sie sich sehr erniedrigt. »Ja«, stieß sie verlegen aus, »wenn Sie dann nun mit uns kommen«, forderte sie ihn auf.

Bei Liz hingegen sackte das Blut ab, als Maik anstandslos die junge Frau anlächelte, die sie als Hotelschlampe abstempelte, an der sich offenbar jeder bedienen durfte, so wie sie eben erfahren konnte. Dieser Gedanke betrachtete Liz im Moment aber nur als zweitrangig. Krampfhaft suchte sie nun nach einer Ausflucht, wobei sie im Moment nicht mit Maiks Hilfe rechnete. So wie er sich gerade gab, konnte er es nicht erwarten, mit dieser Schlampe abzuziehen und sie hilflos und rücksichtslos zurück zu lassen, so dass sie sich alleine gegen Hubert durchsetzen musste. Er war ein teuflischer Verräter, und sie gab ihm auch noch allen Grund dazu. Ihre Kündigung, die sie so lapidar ausgesprochen hatte, nahm er allem Anschein nach für ernst. Wie dumm war sie nur? Und wer wusste schon, was Hubert ihm noch alles versprochen hatte.

»Tja«, sagte Maik plötzlich, wobei sein Gesicht erfreut strahlte, »gerne komme ich mit.« Provokant wandte er sich Liz zu, die enttäuscht ihre Augen schloss und sich abgrundtief verraten fühlte. »Aber leider darf ich Frau Saunders nicht alleine lassen.« Er blickte Liz an, die plötzlich verstört wirkte. »Ich bin für ihre Sicherheit zuständig«, erklärte er und erbat mit seinen hin und her wechselnden Blicken, die Julia und Jens galten, um Nachsicht, »hierher zu kommen, war schon riskant genug.«

Bei Jens wurde Nervosität ausgelöst, weil sein Plan zu kippen drohte. Nur stockend konnte er reagieren. »Ja aber, mein Bruder hat doch alles mit Ihnen ausgemacht.«

»Ja natürlich«, redete Maik beschwichtigend auf ihn ein und beäugte Jens Verständnis erbittend, »aber ich werde Frau Saunders auf gar keinen Fall hier alleine lassen. Ich werde auf Herrn Heg warten und dann ins Hotel nachkommen.« Er schaute durch die Runde. »Oder wir warten alle gemeinsam auf ihn«, schlug er vor.

»Also das geht auf gar keinen Fall«, lehnte Jens vehement ab und das aus gutem Grund. Er wusste, dass Hubert immer mit einer sehr pikanten Überraschung seinen Mätressen seine Aufwartung machte. Diese Peinlichkeit wollte er Hubert ersparen, zumal es auch seinen perfiden Plan durchkreuzen konnte, wenn Liz nicht, wie von ihm gewollt, im Engelskostüm auf ihn vor dem Kamin wartend poussierte.

Auffordernd schaute er Maik an. »Wir werden jetzt gemeinsam die Hütte verlassen.« Eindringlich schaute er Liz an und erhoffte Verständnis. »Die Situation ist schon mehr als nur pikant. Ich kann nicht zulassen, dass Ihr Chauffeur hier mit Ihnen auf Hubert wartet... Er wird mächtig sauer sein.«

»Ohne meinen Bodyguard werde ich hier nicht alleine warten«, stellte Liz unmissverständlich klar, »was ist, wenn Hubert auf dem Weg was zustößt, dann bin ich ganz alleine hier in der Wildnis.« Sie riss sich hastig den Reißverschluss ihrer Jacke auf und fächelte sich panisch mit flacher Hand Luft zu und atmete schwer.

»Frau Saunders«, rief Maik sie besorgt an und das war er wirklich, »alles in Ordnung?«

»In Ordnung?«, entgegnete sie erregt, »ich kriege gerade keine Luft.« Rastlos wanderte sie umher, warf ihre Reistasche auf die Eckbank und streifte sich hektisch die Jacke ab und warf sie auf den Tisch. Dann stützte sie sich erschöpft darauf ab und keuchte laut.

Ängstlich schauten sich Jens und Julia an, dann eilte Julia los, um ein Glas Wasser aus der Küche zu besorgen, während bei Jens ebenfalls Panik Einzug hielt. Nicht auszudenken, wenn Liz hier einem Kollaps erlag und dahinsiechte. Oh Gott, das durfte er auf gar keinen Fall riskieren. Die Polizei würde peinliche Fragen stellen, die der Öffentlichkeit womöglich nicht verborgen blieben. Auf diese Form Skandale konnte er getrost verzichten. Er warf Maik einen ratlosen Blick zu.

»Hat sie das öfters?«

Maik wollte schon mit dem Kopf schütteln, weil er solche Panikattacken von Liz nicht kannte. »Ja, das kommt schon mal vor«, benutzte er dann geistesgegenwärtig ihren Gemütszustand als Grund seiner Besorgnis, dass er sie auf gar keinen Fall alleine lassen konnte, »deswegen muss ich sie ja ständig begleiten.«

Julia kam aus der Küche zurück und reichte Liz das Glas Wasser, was sie dankbar entgegen nahm und sich erschöpft auf einen Stuhl sinken ließ. Mit zittrigen Händen, die das Glas fest umklammerten, führte sie das Glas zum Mund und nahm einen Schluck.

»Okay«, lenkte Jens ein und disponierte um, »es scheint mir wirklich besser, wenn Sie auf meinen Bruder warten. Sie können ja dann mit seinem Motorschlitten ins Hotel kommen.« Er schaute Julia bedeutsam an. »Julia wird dort auf Sie warten.«

Angetan von dem Vorschlag lächelte Maik die junge Frau an. »Ich freue mich schon.«

Maiks anzügliches und überhebliches Lächeln löste bei Julia erneut ein beklemmendes Gefühl aus, wobei ihr Blick impulsiv an Liz hängen blieb, die immer noch krampfhaft ihr Glas in den Händen hielt. In ihr sah sie nun eine Leidensgenossin, die ebenso männlicher Überlegenheit und Stärke zum Opfer fiel. Sie fühlte sich plötzlich so klein und erniedrigt, dass sie jedem Kerl in ihrer Nähe am liebsten eins übergebraten hätte, doch als ihr Blick Jens erfasste, wurde sie milde gestimmt. Nein, er gehörte nicht zu diesen fettbauchigen Lüstlingen, mit millionenschwerem Konto, die glaubten, sich alles leisten zu können, ohne auf jegliche Moral und Anstand achten zu müssen, was sie innerlich wieder versöhnlich stimmte und ihr die Kraft gab ihren Part weiterzuspielen.

Charmant lächelte Julia Maik zurück. »Ich erwarte Sie«, hauchte sie ihm lasziv zu und versetzte ihn damit in große Verzückung, die ihn gedanklich schwach werden ließ.

»Nun denn«, unterbrach Jens hektisch dieses kleine Geplänkel zwischen Julia und Maik, wobei er Julia gezielt anschaute, die ihm schon etwas Angst einflößte, mit welcher Perfektion sie ihre Rolle spielte, »wir beide sollten uns auf den Weg machen. Es scheint mir sinnvoll, Hubert zu warnen, dass Frau Saunders nicht alleine ist.«

Fast fluchtartig verließen Julia und Jens die Blockhütte, wobei Jens ziemlich aufgeregt das Tempo bestimmte und auch rasend schnell in das Räumfahrzeug kletterte und es startete. Julia ließ sich von seiner Eile anstecken, weil sie wusste, wie wichtig es war, Hubert zu warnen, damit er sich vor Maik nicht blamierte. Das konnte Hubert so schockieren, dass der Plan zu platzen drohte.

Das Fahrzeug fuhr ruppig an.

»Hoffentlich schaffen wir es noch«, sagte Jens besorgt. Er biss nervös auf seiner Lippe herum. »Ich muss ihm auch dringend berichten, dass Saunders recht hysterisch reagiert und zum Kollabieren neigt. Nicht auszudenken, wenn die uns tot umfällt.«

»Oh, das wäre äußerst übel«, stieß Julia aus. Blitzschnell kramte sie ihr Smartphone hervor und tippte darauf herum. »Ich versuch ihn zu erreichen«, verkündigte sie und stöhnte fast im selben Moment, »Mist. Kein Empfang.«

Fassungslos schüttelte Jens den Kopf. »Was hast du wohl gedacht? Bei dem Sauwetter. Wir müssen halt sehen, dass wir ihn noch abfangen und warnen.«

Unterdessen sorgte sich Maik um seine Chefin, die immer noch vorgebeugt und erschöpft mit dem Oberkörper über ihr Glas hing. Vorsichtig trat er an sie heran.

»Frau Saunders«, rief er sie sacht an, »brauchen Sie Hilfe?«

Sie stieß einen erleichterten Seufzer aus und schüttelte ihren hängenden Kopf. »Keine Sorge, es ist alles gut.« Sie wandte ihren Kopf der Tür zu, als sie hörte, wie das Räumfahrzeug mit lautem Motorgeräusch davonfuhr. »Soweit wäre schon mal alles gut gelaufen«, verkündigte sie dann mit Stolz und wurde von Maik kritisch beäugt.

»Haben Sie eben etwa Theater gespielt?«, war er verblüfft.

Hastig nickte Liz und lachte. »Ja. Das kann ich gut. Jetzt muss mir nur noch was für Heg einfallen.« Schlagartig wurde sie nachdenklich. Sie befand, dass Maik ein paar gute Worte verdient hatte. »Danke, dass Sie mich nicht verlassen wollten.« Etwas peinlich berührt senkte sie ihren Blick. »Das mit der Kündigung habe ich nicht so gemeint. Ich bin so froh, dass Sie hier sind.«

Einen Moment konnte Maik ihren Worten keinen wirklichen Glauben schenken, aber als sie ihn dann fest ansah, wusste er, dass sie kein Theater spielte, was leichtes Mitgefühl bei ihm auslöste. »Na ja«, antwortete er locker und überspielte seine Anteilnahme, »ich wollte mir nicht entgehen lassen, wie Sie Heg den Vertrag um die Ohren hauen.«

Als Maik den Vertrag erwähnte, wurde Liz ganz schummrig. »Ich wünschte, ich könnte ihn retten«, sagte sie missmutig und führte grübelnd ihre Hand zum Mund.

»Sie könnten bei Ihrem Talent den sterbenden Schwan abgeben«, spöttelte Maik und ließ seine Jacke von den Schultern gleiten. Er schaute kurz um sich, dann nahm er beide Jacken auf und hängte sie ordentlich neben der Tür an eine Garderobe.

»Na«, warf Liz unterdessen Bedenken ein, »das könnte etwas zu theatralisch sein.«

Er kehrte zum Tisch zurück und setzte sich auf den anderen Stuhl. Eine Weile betrachtete er Liz, wie sie in Selbstmitleid versank. »Sie könnten sich auch Mut antrinken...«, empfahl er respektlos.

»Mensch Maik«, warf Liz mahnend und angewidert dazwischen, »ich habe nicht vor...« Sie suchte nervös nach Worten, die nicht ganz so sexistisch und anzüglich klangen, fand aber keine und ließ diesen Teil des Satzes einfach unvollendet. »... weder nüchtern noch besoffen.«

»Schade«, bedauerte Maik im ernsthaften Ton, was er aber nicht so meinte, »dann hätte ich mir noch einen schönen Abend machen...«

»Oh ja«, platzte es aus Liz ungehalten heraus. Ihr Zorn war wieder aufgeflammt. »Mit der schönen Julia, die außerdem auch eine Affäre zu Jens unterhält.« Sie wurde nachdenklich. »Falls man das als Affäre bezeichnen kann«, fügte sie herablassend hinzu.

Fragend schob Maik seine Brauen zusammen, der Liz' böse Bemerkung über Julia außer Acht ließ. »Jens?«

»Hegs Bruder«, erklärte Liz aufgeregt, »der Mann, der eben hier war.«

»Ah, der heißt Jens?« Verdutzt legte Maik seinen Kopf schief. »Die sehen gar nicht aus wie Brüder.«

»Ja«, brauste Liz grantig auf, »weil sie nur Halbbrüder sind und vom Alter her sehr weit auseinander liegen.«

Diese neue Erkenntnis betrachtete Maik als belanglos und erhob sich. »Ich schau trotzdem mal nach, was es zu trinken gibt«, sagte er ungeniert und wanderte in die Küche ab.

Hektisch lenkte Jens das kleine Räumfahrzeug durch den weiß eingehüllten Wald. Julia wurde dabei durch die Unebenheiten des Geländes gehörig hin und her gerüttelt und suchte Halt an einem Haltegriff oberhalb der Tür. Für sie ging diese Raserei an ihre Schmerzgrenze. Aber dies musste sie nun erdulden, sollte der Plan gelingen.

Jens legte noch einen Zahn zu und holte aus dem kleinen Räumfahrzeug alles heraus, um das Hotel zeitnah zu erreichen. Aber kaum hatte er den Hof des Fuhrparks erreicht, zerplatzten all seine Hoffnungen, als Huberts kleiner Motorschlitten nicht mehr auf seinem

Platz stand. Er befand sich bereits auf dem Weg zur Hütte. Erschöpft und enttäuscht stieß Jens Luft aus, als wäre es sein letzter Hauch und ließ seinen Kopf auf das Lenkrad sinken.

Mitfühlend legte Julia ihre Hand auf Jens Rücken ab und fuhr sanft darüber. Auch ihr stand die Enttäuschung im Gesicht geschrieben. Zu gerne hätte sie Hubert auch eine rein gewürgt für seinen unverschämten Dienst, den sie für ihn ableisten sollte. Sie nahm es aber gefasst hin. »Daran können wir jetzt nichts ändern«, redete sie leise auf ihn ein, »lass uns den Abend wenigstens gemütlich feiern.«

Besänftigt nickte Jens, richtete sich auf und ließ sich von Julia küssen.

»Du hast recht«, befand er, »wir gehen in den Keller, holen uns eine gute Flasche Wein und in der Küche den besten Kaviar und richten uns bei mir in meinem Apartment gemütlich ein.«

Bei Julia hielten die Glückshormone Einzug, als er diesen Vorschlag unterbreitete. Ihr Gesicht leuchtete hell auf. Denn sein Apartment, dass er hier im Hotel bezogen hatte, verhieß Luxus pur in einer behaglichen Einrichtung. Sie selber musste ihm erst gestern für die Feiertage den Weihnachtsbaum schmücken und das Wohnzimmer festlich herrichten. Nie hätte sie zu träumen gewagt, dass sie nun in diesen Räumlichkeiten mit dem Mann, den sie schon so lange verehrte, Weihnachten feiern durfte.

Maik kehrte mit zwei Champagnerpfeifen aus der Küche zurück und stellte Liz eine vor die Nase, die entrückt zu ihm aufschaute.

»Das ist jetzt nicht Ihr Ernst«, sagte sie vorwurfsvoll.

»Was?«, verstand Maik nicht.

Erregt deutete Liz mit beiden Händen auf das Glas. »Wollen Sie mich betrunken machen?«, hegte sie einen bösen Verdacht.

Beleidigt stieß Maik einen Laut aus. »Was Sie von mir denken«, war er entrüstet, »nein, ich dachte nur, dass wir ein wenig Spaß haben sollten, solange wir auf den Weihnachtsmann warten.«

Liz musste gegen einen üblen Brechreiz ankämpfen, als Maik den Weihnachtsmann erwähnte, doch dann überlegte sie kurz und griff dann doch nach dem Glas und betrachtete es genau. »Was trinken wir hier?«, erkundigte sie sich.

Fachmännisch begutachtete Maik sein Glas, das er ins Licht hielt und tat so, als könne er am Aussehen schon eine Marke erkennen. »Auf der Flasche stand Champagner.«

Liz konnte einen Ausdruck ihrer Verzückung nicht verhindern, weil sie Huberts Wertschätzung ihrer Person schon etwas berührte, weil sie genau wusste, dass sein Champagner ein Vermögen kostete, den er nur zu absolut besonderen Anlässen ausschenkte. Mit einem Grinsen erhob sie feierlich ihr Glas, prostete Maik zu und konnte nicht mit einer Bemerkung zurückhalten. »Auf den Weihnachtsmann«, ließ sie überspitzt und mit einem gemeinen Grinsen Hubert hochleben und freute sich, dass sie dieses edle Getränk ohne ihn genießen durfte, nahm gemeinsam mit Maik einen Schluck und nahm genussfreudig auf, wie das teure Getränk sprudelnd ihre Kehle herunter rann. Doch als sie danach ihre Aktentasche erblickte, die über den Tischrand von der Eckbank aus sie anguckte, sackte sie deprimiert zusammen. Dieser Champagner würde wohl im weitesten Sinne der teuerste sein, den sie je getrunken hatte.

»Na, nicht so trübsinnig«, mahnte Maik, der ihre Stimmung gut zu deuten wusste, »noch ist nicht aller Tage Abend«, sprach er ihr übermotiviert Mut zu, »wer weiß, vielleicht kommt ihm ja was dazwischen.«

Ja, dachte Liz, dies wäre die beste Variante. Ein Aufeinandertreffen mit seinem Motorschlitten mit einem richtig hungrigen Wolf; und einen Moment weiter überlegte sie, ob im Rausch die halbe Million zu retten, zu ertragen wäre; und diesen Gedanken noch nicht ganz ausgesponnen, nippte sie an ihrem Glas und kippte es schließlich komplett herunter.

Als könne Maik ihre Gedanken lesen, schmunzelte er sie an und erhob sich. »Ich geh die Flasche holen«, sagte er maliziös und wanderte ab, aber ein glitzerndes Etwas, was ihm über der Rückenlehne des Schlafsofas anblinzelte, hielt ihn davon ab. Neugierig wanderte er um das Sofa herum und stieß einen begeisterten Pfiff aus. »Wow!«, tönte er laut und warf Liz einen bedeutsamen Blick zu, wobei er sich ein Bild von ihr in diesem zarten Etwas vorstellte, »das sollten Sie sich anschauen«, rief er ihr zu.

Ahnungslos folgte Liz seiner Aufforderung, doch kaum hatte sie das Sofa umrundet, fiel sie entnervt zusammen und stöhnte laut, als sie dieses schlüpfrige Kostüm erblickte, wobei sich ein Gefühl über ihren Rücken legte, als würden tausende Ameisen darüber krabbeln. Nein! schrie ihr Verstand. Kein Alkohol der Welt konnte ihren Hirnkasten derart betäuben, dass sie freiwillig in dieses obszöne Kostüm stieg. »Widerlich«, würgte sie hervor und musste sich die Hand vor den Mund halten, um nicht wirklich zu erbrechen.

Rücksichtslos und amüsiert lupfte Maik das Kostüm ein wenig, wobei ein goldener String ihm ins Auge fiel. »Hüüübsch«, bestaunte er unzüchtig und blinzelte Liz aus den Augenwinkeln aus an, »steht Ihnen sicher gut.« Er betrachtete Liz nun genauer und stellte sie sich bildlich darin vor, wobei ihm ein kleiner Ruck durch die Glieder fuhr, der ihn etwas angetörnt leise aufstöhnen ließ, was er geschickt verschluckte.

Bei Liz hingegen hatte sich die Ameisenarmee über ihren ganzen Körper ausgebreitet, so dass sie nur noch von einem Gedanken geleitet wurde, dieses Kleid der skrupellosen Gier zu vernichten. Hastig raffte sie das zarte Teufelswerk zusammen, presste es an ihren Körper und warf rastlos ihre Blicke umher, um ein geeignetes Versteck zu finden. Dann fiel ihr Augenmerk auf den Kamin, den sie heimtückisch angrinste. Ja! rief ihre innere Stimme, tu es! Mit zittrigen Händen formte sie aus dem Seidenfetzen, als mehr vermochte es Liz nicht bezeichnen zu wollen, eine Kugel, doch bevor sie ihren Gedanken ausüben konnte, warf sich Maik schützend vor den Kamin, da er Liz ansah, was sie im Schilde führte.

»Nicht!«, warnte er sie, »das stinkt furchtbar, nach versenkten Haaren.«

Mit wütendem Blick schnaubte sie. »Sie kennen sich ja gut aus«, presste sie hervor und ließ wieder ihre Blicke umherirren und entdeckte neben der Küche eine Tür. Ohne weiter zu überlegen, stürmte sie darauf los und stand Sekunden später in einem Schlafzimmer. Zu ihrer Verblüffung gab es in diesem Raum nichts, was auf eine verruchte Liebeshöhle hindeutete. So untypisch, als dass es diesem Zweck dienen sollte. Die Bettwäsche bieder und auch das Bett eher altmodisch im rustikalen Stil und liebevoll mit Reliefs verziert. Einen Moment brauchte Liz, sich zu besinnen und ihren eigentlichen Plan zu verfolgen; das Kostüm zu verstecken. Eine offene Tür, die zu einem kleinen Badezimmer führte schien ihr geeignet. Schnell wanderte sie dorthin und verstaute das verwerfliche Etwas in einer Wäschetruhe, schlug den Deckel hastig wieder zu und setzte sich eine Weile darauf, als vermutete sie, das Kostüm könne magische Kräfte entwickeln und eigenständig wieder hinauskriechen, dabei brauchte sie lediglich etwas Zeit um einen Ekel zu verdauen.

Kurze Zeit später stürmte Liz in den Wohnbereich zurück und bog in die Küche. Dort durchstöberte sie einige Schränke.

»Ja!«, stieß sie plötzlich laut aus, »das ist genau das Richtige!«

Maik, der zu dieser Zeit vor dem Kaminfeuer stand, schaute perplex zu Liz in die Küche rüber und beobachtete, wie sie ein Getränk in einen Stumper goss und damit an die Tür trat. Grinsend prostete sie ihm zu und nahm einen kräftigen Schluck.

»Ach«, tönte Maik verwundert, »haben Sie es sich doch anders überlegt?«

Milde lächelnd betrachtete Liz ihr Glas, welches sie großzügig mit edlem Cognac befüllt hatte. »Nein«, konterte sie spitz, »ich brauche etwas Mut, um Heg die leere Flasche über den Schädel zu ziehen.«

Als müsse Maik die Schmerzen ertragen, stieß er einen Laut aus. »Autsch.« Er grinste ebenbürtig zurück und zeigte auf ihr Glas, das ihn reizte zu probieren. »Wollen Sie die Flasche etwa alleine leer machen?«

Wie zu einem Verbündeten grinste Liz zu ihm rüber. »Möchten Sie auch einen?«

Maik nickte, worauf Liz sogleich wieder in die Küche abwanderte und einen weiteren Stumper befüllte. Nur Sekunden später stand sie vor Maik, der mittlerweile auf dem Schlafsofa mit dem Gesäß auf und ab hüpfte, um die Bequemlichkeit zu testen.

»Sehr komfortabel«, bewunderte er das bequeme Möbelstück, »man liegt bestimmt sehr gut darauf...«

Missbilligend schaute Liz auf ihn nieder. »Ja«, entgegnete sie, »und offensichtlich ist die Federung auch sehr zufrieden stellend«, züngelte sie bissig und angewidert, weil sie wusste, dass dieses Schlafsofa für sie hergerichtet wurde.

»Jaaa«, bestätigte Maik lahm und fuhr plötzlich zusammen, weil er erst jetzt Liz' Zweideutigkeit ihrer Bemerkung wahrnahm, »ich meine, für ein Schlafsofa, das normalerweise nur als Notbehelf dienen soll, ist das wirklich sehr bequem und komfortabel; und wesentlich besser als im Auto zu übernachten.« Er deutete auf den Kamin. »Und wärmer.«

Bestätigend nickte Liz, wobei ihr der Vertrag ins Gedächtnis kam. Abgesehen von dem Verlust des Vertrages, war es allemal besser hier in der Hütte. Ohne jeden Kommentar reichte sie Maik das Glas, der etwas verstört zu ihr aufblickte, als er das Glas entgegennahm und es ihm erst jetzt bewusst wurde, dass er sich von seiner Chefin hemmungslos bedienen ließ.

»Danke«, sagte er peinlich berührt und stand anstandshalber auf, um ihr den gemütlichen Platz auf dem Sofa zu überlassen.

Ungeachtet seiner Scham stieß Liz ihr Glas an seines, als seien sie alte Kumpels und nahm einen Schluck. Nur zögerlich tat Maik es ihr gleich. Diese vertrauliche Situation empfand er plötzlich als sehr befremdlich, auch wenn sich das Arbeitsverhältnis zu Liz sehr gelockert hatte.

Plötzlich wandte sich Liz ab und schlenderte zum Tisch. Dort stellte sie ihr Glas ab und ließ ihren Blazer von den Schultern gleiten. Sie schritt zur Garderobe und hängte ihn ordentlich auf. Dann streifte sie ihre Boots ab und stellte sie darunter. Sie bemerkte gar nicht, wie Maik sie dabei beobachtete, in dessen Gedanken sich absonderliche Dinge abspielten. Für eine Person ihres Standes und Vermögens hatte er nicht so eine ordentliche Frau vermutet. Eher eine jener Sorte, die alles an Ort und Stelle fallen und Bedienstete alles hinter sich her räumen ließen. Aber vielleicht wollte sie sich jetzt auch nur von einer guten Seite zeigen.

Maik steuerte ebenfalls auf den Tisch zu. »Sehr ordentlich«, lobte er und ließ sich zu einer gedankenlosen spitzen Bemerkung verleiten, »zuhause haben Sie sicher Personal dafür...«

»He«, mahnte Liz beleidigt, die sehr wohl merkte, worauf er anspielte, »ja, ich gebe zu, ich habe eine Reinemachfrau, aber die muss mir nicht hinterher räumen und mein Essen bereite ich mir auch selber zu«, stellte sie klar, rutschte auf die Eckbank und zog ihr Glas an sich heran. An ihrer Mimik konnte Maik klar erkennen, dass sie sich sehr verletzt fühlte, was ihn aus taktischen Gründen zum Einlenken erwog, aber nicht so untergeben.

»Sorry«, schob er eine lässige Entschuldigung nach und setzte sich ihr gegenüber, »von Ihren Eltern weiß ich halt, dass sie für alles Personal haben.«

Versöhnlich lächelte Liz. »Ja, das stimmt«, räumte sie ein und war in Gedanken bei den Bediensteten ihrer Eltern, die von Vera ganz gut gescheucht wurden, die aber an den Weihnachtstagen von ihren Kommandos verschont blieben und für ein paar Tage keinen Gedanken an die große Villa verschwenden mussten; und seit Liz nicht mehr ins Internat musste, wurde auch das Kindermädchen eingespart, die mit Liz jedes Jahr Weihnachten verbringen musste. In diese Gedanken vertieft betrachtete Liz versonnen ihr Glas und drehte es in ihren Händen. Obwohl Liz nie mit ihren Eltern Weihnachten feierte, empfand sie die Feiertage immer als sehr schön. Ihr Kindermädchen backte dann mit ihr Kuchen und es gab heißen Kakao mit Marshmallows.

Auf Maik wirkte Liz in diesem Moment so einsam und verloren, was ihn plötzlich an seine Familie erinnerte. Sicher sorgten sie sich schon, weil sie vergebens auf ihn warteten. Zeit Entwarnung zu geben. Angemahnt von seinem Gewissen zog er aus seinem Jackett sein Smartphone hervor und kontrollierte das Display. Resignierend legte Maik das Gerät auf dem Tisch ab, als das Display keinen Empfang anzeigte.

Von seinem Versuch anzurufen, wurde Liz' Verstand wieder geweckt, was sie veranlasste auf ihre Armbanduhr zu schauen. Noch eine halbe Stunde bis Hubert eintraf und der Vertrag zum Scheitern verurteilt wurde. Fünfhunderttausend, kreiste es in ihrem Kopf herum, wobei es ihr ein wenig heiß wurde, je öfter diese Summe ihre Gedanken aufgriffen. Ihre Eltern würden sie dafür killen, käme dieser Auftrag nicht zustande. Mal ganz davon abgesehen von der langjährigen Geschäftsbeziehung zur Familie Heg, die sicherlich auch auf dem Spiel stand.

»Ich sollte meinen Beruf wechseln«, murmelte Liz plötzlich verzagt, was ihre Emotionen ausdrückte und wurde von Maik erstaunt beäugt.

»Und an was dachten Sie da?«, entfuhr ihm eine neugierige Frage.

Unschlüssig zog Liz ihre Schulter hoch. »Etwas ganz Simples.« Sie überlegte kurz. »Krankenschwester«, fiel ihr dann ein.

Auf ihren merkwürdigen Berufswunsch, konnte Maik nur schmunzeln. Was Simples, wiederholte er gedanklich. Was hatte Liz für eine Ahnung, in einem normalen Beruf zu stecken, mit geringem Einkommen? Wie wollte ausgerechnet sie damit nur einen Tag überleben? Was wusste sie schon, was es hieß lange zu sparen, wenn ein neues Auto fällig wurde oder die Kinder neue Schuhe brauchten. Nein, dachte er, das will sie bestimmt nicht. Sie war bloß verzweifelt, wenn sie daran dachte, was jeden Moment auf sie zukam. Abgelenkt schaute er erneut auf das Display seines Handys; immer noch kein Empfang.

»Warum so nervös?«, stellte Liz ihm eine Frage.

Betrübt zuckte er mit der Schulter. »Meine Eltern machen sich sicher schon Sorgen, wo ich bleibe.«

»Das tut mir leid«, bereute Liz aufrichtig, »ich hätte auf Sie hören sollen«, fügte sie einsichtig hinzu.

Späte Erkenntnis, dachte Maik und nickte bloß bestätigend.

»Feiern Sie mit Ihren Eltern zusammen?«, setzte Liz neugierig eine Frage nach. Sie wollte unbedingt erfahren, wie Maik seine Feiertage verbrachte.

»Ja«, nickte er, wobei sich sein Blick verschleierte, »unsere ganze Familie trifft sich jedes Jahr woanders. Dieses Jahr sind wir bei meiner Schwester.«

»Ihre Familie scheint sehr religiös zu sein«, schloss Liz aus seiner Schilderung.

»Nein«, antwortete Maik bestimmt, »wir versuchen nur gute Menschen zu sein, und Weihnachten ist für uns das Fest der Liebe, das begehen wir zwar besinnlich, aber wir rennen nicht in die Kirche. Wir treffen uns, essen gemeinsam und dann gibt es Bescherung«, erklärte er mit warmer Stimme und musste plötzlich auflachen, »danach sieht das Wohnzimmer immer aus wie ein Schlachtfeld. Überall liegen dann Geschenkpapierfetzen herum.«

Angesteckt erwiderte Liz sein Lachen. »Stell ich mir eher lustig vor als besinnlich.« Sie versuchte sich ein Bild vorzustellen.

»Ist es auch«, musste Maik zugestehen, »aber trotzdem schön.« Er betrachtete Liz eine Weile, die abwesend lächelte. »Und wie verbringen Sie Weihnachten?«

»Ich genieße die Ruhe. Setze mich mit einem guten Rotwein vor den Kamin und lese ein Buch«, antwortete sie nüchtern.

Maik musste ungläubig auflachen. »Sie lesen Bücher?«

Pikiert setzte sich Liz auf. »Ja«, entgegnete sie, »trauen Sie mir das nicht zu? Ich lese sogar sehr viel.«

Dass Liz viel las, wusste Maik, aber er hatte sie nie mit einem Buch gesehen. »Kann ich mir gar nicht vorstellen, dass Sie neben Börsenberichten und Wirtschaftszeitungen auch einen schnulzigen Roman lesen.«

»Das tue ich auch nicht. Ich lese anspruchsvolle Bücher«, stellte sie klar.

Gemaßregelt schob Maik sein Kinn vor und hielt es nun für besser, keinen Kommentar mehr abzugeben, bevor er Liz noch verärgerte. Zur Zeit war er viel zu froh, dass sie nicht auf die Kündigung pochte. Er nahm sein Glas auf, trank es leer und betrachtete wieder sein Smartphone. Aber immer noch kein Empfang.

Liz hingegen schaute schon wieder auf ihre Uhr. Die Zeit tickte nur so herunter, was sie dazu trieb ihren Cognac ebenfalls hinunterzukippen, um sich weiter Mut anzutrinken, um ihr Vorhaben auch in die Tat umsetzen zu können. Konnte Hubert jetzt nicht einfach im Schnee stecken bleiben, flehte sie inständig, wobei sie schwer atmete. Plötzlich sprang sie auf, was Maik zusammenfahren ließ und er sie erschreckt anstarrte, während sie nach ihrem Glas griff und es ihm auffordernd vorhielt.

»Möchten Sie auch noch einen?«, fragte sie ihn hastig, worauf Maik nur nickte. Schnell griff Liz nach seinem Glas und wanderte Richtung Küche ab. Kurz vor der Tür stoppte sie und blinzelte zum Kamin hinüber und wandte sich dann Maik zu. »Sie sollten Holz nachlegen«, trug sie ihm auf.

»Angst, Heg könnte doch noch durch den Kamin gerutscht kommen?«, witzelte er, was Liz gleich aufbrausen ließ.

»Tun Sie, was ich sage«, grantelte sie ihn an und verschwand fluchtartig in der Küche.

Um Liz nicht noch mehr zu reizen, befolgte Maik sogleich ihren Befehl und wanderte zum Kamin hinüber und warf zwei Scheite nach, die danebenlagen. Mit einem Schürhaken hockte er sich dann davor und stocherte in dem Feuer herum. Funken tanzen umher, während das Feuer an den neuen Scheiten züngelte. Schwermütig seufzte Maik und starrte eine Weile in das Feuer. Weihnachten mit Liz in einem Raum, hielt er sich vor Augen. Dies hätte er nie zu träumen gewagt, wobei er nicht genau entscheiden konnte, ob diese Situation ein schöner Traum war oder eher einem Alptraum glich. Vor allem, wenn dann auch noch Hubert dazu stieß.

Plötzlich vernahm Maik ein heftiges Poltern aus dem Schrank neben dem Kamin, dann wurden die beiden Flügeltüren heftig aufgestoßen und ein Mann mit Bart und roter Mütze sprang heraus und riss seinen roten Mantel auf, worunter der Mann völlig entblößt seinen männlichen Stolz in völliger Erregung zeigte.

Aufgeschreckt kippte Maik nach hinten weg und schrie kurz auf, wobei er schützend den Schürhaken vor sich hielt, was der Mann entsetzt ebenfalls mit einem Aufschrei der Angst erwiderte, schnell wieder seinen Mantel zuziehen ließ und ins Schlafzimmer floh.

Starr vor Schreck saß Maik vor dem Sofa und schaute zum Schlafzimmer hinüber und beobachtete, wie Liz zur Küchentür geeilt kam mit zwei Gläsern in der Hand und ebenfalls entgeistert zur Schlafzimmertür starrend.

»Was ist passiert?«, fragte sie aufgeregt.

Fast gelähmt vor Schock deutete Maik mit dem Schürhaken auf die Tür, wo zuvor der Weihnachtsmann entflohen war. »Ich glaube das war Heg.« Er zeigte auf den Schrank mit den offenen Türen. »Da ist er raus gesprungen«, erklärte er verstört und betrachtete den Feuerhaken, den er immer noch in der Hand hielt. Oh Gott, dachte Maik entsetzt, hoffentlich glaubte Hubert jetzt nicht, er wollte damit auf ihn losgehen. Hastig erhob sich Maik, steckte den Haken wieder in den dafür bestimmten Ständer am Kamin und steuerte auf Liz zu. Verstört gestikulierte er vor ihr her und nahm ihr schließlich ein Glas ab und nahm einen kräftigen Schluck, um seine Nerven zu beruhigen. »Er war völlig nackt unter dem Mantel«, berichtete er entsetzt.

Liz musste hart schlucken und ließ ihre Blicke zum Schrank wandern, dessen Türen weit aufklafften. »Glauben Sie, das ist ein Geheimgang?«

Lahm nickte Maik. »Ich denke schon.«

Leicht angewidert schüttelte Liz den Kopf. »Dieser Kerl ist ja wohl mit allen Wassern gewaschen«, presste sie hervor.

»Allerdings«, bemerkte Maik zynisch und betrachtete fasziniert den Doppeltürigen anderen Schrank neben der Schlafzimmertür, »und wer weiß, was sich hinter diesen Türen verbirgt.«

Bei Liz kam ein Brechreiz hervor, den sie nur schwerlich unter Kontrolle halten konnte. »Wahrscheinlich das Tor zur Hölle«, platzte es aus ihr hervor.

Maik nickte bedacht. »Oder«, sinnierte er mit anzüglicher Stimme, »die Schreckenskammer der bösen Domina«, fuhr er fort, wobei ein wenig Begeisterung und Bewunderung in seiner Stimme schwang.

Mit unbehaglichem Gefühl musste sich Liz an die Kehle fassen und versuchte diesen schauderhaften Gedanken zu verdrängen, der plötzlich von der Schlafzimmertür, die Hubert hastig aufriss, unterbrochen wurde. Im Bademantel gehüllt stand er im Rahmen und ließ seine Blicke zwischen Liz und Maik hin und her wandern.

»Was wird das hier?«, schimpfte er, wobei sich sein Blick an Maik festbiss, »wieso sind Sie nicht bei Julia?«

Einen Moment lang grübelte Maik, wobei er tat, als sei er selber untröstlich. »Nun ja«, fing er zögerlich an und betrachtete Liz kurz von der Seite, der die Panik im Gesicht stand. »Frau Saunders wollte nicht alleine auf Sie warten. Sie hatte große Angst.«

Ungläubig grunzte Hubert und deutete auf sein Glas. »Und dazu müssen Sie meinen Whiskey trinken?«, fuhr er ihn erbost an.

Verwirrt beäugte Maik sein Glas. »Nein, Cognac«, stellte er richtig.

Hubert stieß einen Schrei aus, als würde jemand mit einem Messer in seiner Brust herumstochern. »Ihr Kulturbanausen!«, tobte er, »Cognac aus einem Stumper trinken...« Wütend presste er sich an ihnen vorbei und stapfte in die Küche. Dort zog er einen Schwenker aus einem Schrank hervor und schenkte sich ein.

Eingeschüchtert schauten sich Liz und Maik an, dann erwog Liz eine Erklärung abzugeben. Zaghaft sprach sie Hubert an.

»Es tut mir leid Hubert«, sagte sie reuig, wobei sie alles daran setzte, dass es echt klang, »aber wenn ich alleine in der Wildnis auf jemanden warten soll, bricht bei mir die Panik aus...« Sie brach den Satz ab und flehte innerlich eine Lösung ihres Problems herbei, ohne Schaden nehmen zu müssen, während Maik mächtig gespannt war, wie sie nun ihre Rolle als hysterische Mätresse ausbaute, oder gab sie vielleicht doch noch nach?

Einlenkend lächelte Hubert und prostete Liz zu. »Nun denn«, sagte er ruhig und überlegen, »es ist ja noch nicht zu spät. Schade nur, dass meine Überraschung nicht gelungen ist.«

Bei Liz zog wieder die Ameisenarmee über den Körper, was sie sich aber nicht anmerken ließ. »Hat dir dein Bruder denn nicht Bescheid gegeben?«

»Nein. Wir haben uns wohl verpasst.« Bezeichnend schwenkte sein Blick auf Maik, mit einem Befehl auf den Lippen. »Sie werden mit meinem Motorschlitten ins Hotel fahren, Julia wird sicher dort auf Sie warten.«

Aufgerüttelt starrte Maik die offenen Schranktüren an, von denen er nicht einmal wusste, wie es dahinter weiterging, und der Gedanke, jetzt noch im Dunkeln auf einem Motorschlitten ins Hotel zurück zu düsen, behagte ihm gar nicht. Wölfe, kamen ihm dabei in den Sinn.

Liz wurde ebenfalls unruhig. Nein, flehte sie insgeheim und hoffte, dass Maik sie nun nicht doch im Stich ließ. Verunsichert schaute sie Maik an, der ebenfalls verunsichert seine Schultern hoch schob. Blieb Liz nun ihrem Vorhaben treu, oder zog sie es nun doch lieber vor, den Auftrag zu retten? Verdammt, diese Frau machte es einem nicht gerade leicht.

»Maik wird nicht fahren«, sagte Liz plötzlich bestimmt.

»Was? Wieso?«, verstand Hubert nicht und verzog verwirrt sein Gesicht, »wir haben ein Abkommen...«, rief er ihr in Erinnerung.

Schweren Herzens suchte Liz nach Worten ein Statement abzugeben, das nicht so hart und drastisch klang, wie sie es empfand, doch bevor sie mit ihrer Erklärung fortsetzen konnte, mischte sich Maik ein, dem ein Geistesblitz durch den Kopf gefahren war, der ihm eine zündende Idee lieferte, wie er den Vertrag womöglich retten konnte.

»Nun«, warf er selbstsicher ein, »in Wirklichkeit wollte Liz gar nicht kommen, aber das Wetter ließ uns keine Wahl«, erklärte er, worauf Hubert entrückt zurückscheute, mit welcher Selbstverständlichkeit er seine Chefin duzte; und mehr noch. Maik legte vertrauensvoll seinen Arm um Liz und lächelte sie verliebt von der Seite an, die allerdings argwöhnisch zu ihm auf blinzelte. »Nicht wahr Schatz?«, fügte er hinzu und bedeutete ihr mit Augensprache mitzuspielen, die ihn aber bloß perplex anstarrte und so entschied Maik, um seine Glaubwürdigkeit zu unterstreichen, Liz küssen zu müssen. Er beugte sich zu ihr vor und drückte ihr einfach einen Schmatzer auf, den Liz reflexartig erwiderte, ihr aber die Besinnung wieder einhämmerte und sie ihn nun hellwach anschaute aber keinen Kommentar dazu ablieferte; und natürlich wusste Maik nur zu gut, dass dieses Verhalten schon recht unverschämt war, aber sollte der Coup gelingen, würde Liz ihm für diesen Kuss ewig dankbar sein.

»Was soll das denn heißen?«, warf Hubert zerstreut ein.

Nun war Liz äußerst gespannt, wie Maik fortfahren würde. Erwartungsvoll lächelte sie ihn an.

Nun spielte Maik seinen Trumpf aus. »Liz und ich, wir sind ein Paar«, erklärte er und drückte Liz sanft an sich und atmete dann beunruhigt, »ich hoffe, ich kann mich auf Ihre Verschwiegenheit verlassen«, appellierte er an Hubert, »Liz' Eltern wissen nichts davon...« Nun spielte er den Verzweifelten. »Ihre Mutter wird mir den Kopf abreißen, wenn sie das erfährt... und ich habe auch noch keine Ahnung, wie wir ihr das irgendwann mal beibringen sollen...«

Nun stand Hubert mit offenem Mund da und betrachtete seinen Cognac, besann sich aber schnell und kippte ihn allesamt herunter, um das Geständnis besser verdauen zu können. »Liz und Sie?«, konnte er kaum fassen.

Als würde es ihr aufrichtig leidtun, dass sie ihn so vor den Kopf schlagen musste, schüttelte Liz bedauernd ihren Kopf. »Jetzt weißt du's. Darum bin ich nie deiner Einladung gefolgt.« In scheinbarer Verliebtheit schmiegte sie sich an Maik. »Mein Herz ist leider schon vergeben.«

Diese Nummer befand Maik nun etwas arg dick aufgetragen, aber an Huberts Miene erkannte er, dass er diese Angelegenheit mit äußerstem Respekt und Diskretion behandeln würde. Wie Kumpels einer Seilschaft.

»Warum hast du dich mir nicht anvertraut?«, warf Hubert Liz vor, »ich bin doch kein Unmensch.«

»Entschuldige«, heuchelte Liz ihm glaubhaft vor, »ich war so unsicher.«

Von ihrer Verunsicherung entrüstet, die er wie einen Vertrauensbruch empfand, schüttelte Hubert den Kopf, dann griff er nach der Flasche Cognac, schenkte sich großzügig ein und fast im selben Moment rann dieses Gesöff schon komplett seine Kehle herunter. Erneut schenkte er ein, dann drängte er sich zwischen Liz und Maik und wackelte mit Schwenker und Flasche bewaffnet zum Tisch und ließ sich dort auf dem kurzen Teil der Eckbank nieder, wo Maik die Aktentasche abgelegt hatte, die er achtlos ein Stück weiterschob.

»Frohe Weihnachten«, züngelte Hubert bissig vor sich hin, der sich ein wenig vorgeführt fühlte und um den schönen Abend betrogen.

Als Hubert so beleidigt über seinem Cognac hing, hielt Liz für angebracht ihm zu folgen, um beschwichtigend auf ihn einzureden, aber zuvor zeigte sie Maik bewundernd den Like-Daumen. Sie befand, dass sie ihm etwas Lob schuldig war und hoffte inständig, dass dieses Theaterstück auch dienlich durchgespielt werden konnte. Das würde ihr alle Last von der Seele nehmen. Sie setzte sich neben Hubert auf den Stuhl und griff nach seiner Hand.

»Ich hoffe, du bist mir jetzt nicht böse...« Mit treuen Augen schaute sie ihn um Vergebung bittend an.

Mürrisch grunzte Hubert, doch als er Liz in ihre unschuldig wirkenden Augen sah, lächelte er friedlich. »Böse?«, tat er seine schlechte Laune ab, »wie kann ich dir böse sein?« Seine Worte klangen, als sähe er in Liz eine Göttin, der man einfach nicht böse sein konnte, weil sie durch Schönheit und Klugheit gleichermaßen brillierte. Ein Wunderwerk der Schöpfung, zu dem man gerne aufschaute und sich auch zum Affen machen ließe. Er wandte sich Maik zu, der noch an der Tür stand. »Aber neidisch«, warf er ihm zu.

Mit gespielter Beeindruckung darüber, wie mannhaft Hubert diese Niederlage hinnahm, prostete Maik ihm zu. Du armer Irrer, dachte er aber innerlich und gesellte sich zu ihnen. Er rutschte auf das lange Stück der Eckbank und nippte an seinem Cognac, wobei er strafend von Hubert beäugt wurde. Immer noch nicht konnte er begreifen, wie man einen guten Cognac aus einem Stumper trinken konnte. Aber wenigstens hatte Maik auf das Eis verzichtet. Eine Todsünde. Mit fassungslosem Kopfschütteln widmete sich Hubert seinem eigenen Schwenker, trank ihn auf ex aus und goss sich wieder einen ein.

Bei Liz setzte bei Huberts Verhalten ein kleines Schuldgefühl ein, wobei sie ihren Blick zu Maik schwenkte. Gleich zwei Männern hatte sie den Heiligabend verdorben und sie ging als einzige als Siegerin aus dieser misslichen Lage. Blödsinn, dachte sie und verdrängte den Gedanken. Immerhin konnte sie Maik mit einer kleinen Gehaltszuzahlung ihren Dank erweisen und was Hubert betraf, so sollte er sich gefälligst für sein ungezügeltes Sexbedürfnis schämen. Wieder wurde sie Zeugin, wie Hubert seinen Cognac hinunterkippte, was nun Besorgnis in ihr hervorrief. Wie lange wollte er das durchziehen? Bis zum Koma? Nicht auszudenken, wenn er hier zusammenbrach und ärztliche Hilfe benötigte.

»Möchtest du nicht lieber wieder nach Hause fahren?«, redete Liz auf Hubert ein und hoffte, er nahm ihren Rat an. Doch er winkte bloß uneinsichtig ab und schenkte sich erneut ein.

»Was soll ich denn da alleine«, trotzte er, »Hilde ist mit ihren Freundinnen unterwegs und die Kinder kommen erst morgen.«

Nun mischte sich Maik ein, wobei er sich zunächst verlegen räusperte. »Nun«, fing er zögerlich an und schaute bedeutsam zu Liz hinüber, »wir würden schon gerne die Zeit alleine verbringen.«

»Jetzt seid mal nicht so undankbar«, konterte Hubert beleidigt und deutete auf die Gläser, »ihr trinkt meinen Schnaps, dann kann ich doch wenigstens erwarten, dass ihr meine Gesellschaft duldet.« Er zeigte über seine Schulter mit dem Finger zum Nebenzimmer. »Ich überlasse euch sogar das Schlafzimmer«, sagte er großzügig.

Sein großzügiges Angebot ließ Liz etwas erschauern. Wie konnte er glauben, dass sie mit Maik eine Nummer schob, wenn er nebenan lauschte. »Das ist wirklich sehr nett«, sagte Liz überspitzt dankbar, »aber irgendwie ist meine Stimmung etwas runter.« Sie atmete schweren Herzens auf. »Ich wäre jetzt viel lieber zuhause.«

Hubert sah das weniger dramatisch. »Nun«, hickste er. Der Alkohol zeigte schon seine Wirkung. »Das lässt sich leider nicht mehr ändern. Frühestens morgen kommt ihr hier weg.« Mit beeinträchtigtem Blick fixierte er die Flasche mit dem edelsten Cognac, griff unsicher danach und schenke erneut ein, wobei der Flaschenhals heftig auf dem Rand des Schwenkers aufsetzte, so dass Liz schon glaubte er breche entzwei.

Maik hingegen überlegte, wie lange Hubert diese Sauforgie noch durchhielt.

Plötzlich erhob Hubert sein Glas und schaute Liz glasig an. »Ich wünsche dir frohe Weihnachten«, lallte er. Sein Sprachzentrum war schon ziemlich in Mitleidenschaft gezogen und auch seine Motorik spielte nicht mehr richtig mit. Als er dann zu Maik blinzelte, um ihm ebenfalls zuzuprosten, rutschte er mit dem Ellenbogen von der Tischkante ab und konnte sich gerade noch fangen. »Jaa, mein Guter, Sie sind wahrlich ein Glückspilz.« Mit einem Ausdruck im Gesicht, als habe er Gutes geleistet begutachtete er seinen Schwenker und kippte dann den Inhalt allesamt hinunter.

Entnervt atmete Liz durch, der diese Sauferei böse aufstieß. »Solltest du nicht...« Sie stockte, weil sie sich albern vorkam einen älteren Mann zu maßregeln, und dennoch sprach sie es aus, aus reiner Fürsorge. »Mit dem Trinken aufhören?«

Gleichgültig winkte Hubert ab und goss den Rest der Flasche in sein Glas. »Die paar...hicks... Tropfen, bringen mich nicht um.« Er langte nach ihrer Hand und schüttelte sie auffordernd. »Komm, trink mit!«

Liz tat ihm den Gefallen, nippte aber nur, während Hubert mal wieder auf ex sein Glas leerte.

»Ohhh«, jammerte er leidvoll in kindlicher Manier und mit schwerer Zunge, schwenke die Flasche hin und her und stellte sie schließlich auf den Kopf, um die letzten Tropfen in seinem Glas aufzufangen, »die Flasche ist leer«, lallte er schmollend und stellte die Flasche ab. Mit einer Hand auf dem Tisch gestützt versuchte er sich aufzurichten, aber vergeblich. Dieses Ritual vollzog er gleich mehrmals, wobei Maik vorsichtshalber schon mal aufstand und um den Tisch herum kam, um ihn notfalls aufzufangen.

Plötzlich ruderte Hubert hektisch mit den Armen umher. »Nu komm schon!«, forderte er Maik lahm auf, »hilf mir hoch, ich geh noch eine Flasche holen.«

Hilfreich hielt Maik ihm seinen Arm hin, an dem sich Hubert festklammerte, während Maik ihn dann mit der anderen Hand hochzog. Mit etwas Schwungüberschuss schoss Hubert plötzlich in die Höhe, womit er Maik überraschte, der ihn so spontan nicht halten konnte und so kippte Hubert nach vorne weg und knallte auf den Boden. Er wälzte sich auf den Rücken, strampelte und freute sich wie ein Kleinkind.

Mit schmerzverzerrtem Gesicht verfolgte Maik den Sturz, als müsse er die Pein ertragen, die Hubert allerdings mühelos wegsteckte, während Liz peinlich berührt auf ihren Vertragspartner nieder schaute, der immer noch wie ein Baby, die Arme und Beine in die Höhe gestreckt, herum kicherte.

»Wir sollten ihn ins Bett bringen«, schlug Liz vor und stand sogleich auf und hob Hubert mit Maik gemeinsam hoch. Maik war schon überrascht, mit welcher Leichtigkeit er mit Liz diesen fettelnden Mann hochheben konnte und ebenso mühelos gelang es ihnen, ihn ins Schlafzimmer zu schleppen.

Wie einen schweren Sack ließen sie Hubert ins Bett plumpsen, wo er dann auf der Bettdecke regungslos liegenblieb und komaähnlich in den Schlaf fiel.

»Ruhe sanft«, alberte Maik und bekreuzigte sich, als hätte er soeben einem guten Kumpel die letzte Ehre erwiesen, was bei Liz nicht gerade gut ankam.

»Sie sind geschmacklos«, wetterte sie und floh zurück an den Tisch, dort griff sie nach ihrem Glas und trank es aus. Und als habe ihr der Schnaps eine Last genommen, lachte sie zynisch auf und betrachtete Maik, der ihr gefolgt war. Plötzlich kam ihr die ganze Angelegenheit so lächerlich vor. »Wie gut, dass uns hier niemand sieht.« Etwas fassungslos schüttelte sie den Kopf. »Und was machen wir jetzt?«

Mit entschlossener Miene schaute Maik umher. »Ich finde, jetzt wo der Weihnachtsmann durch ist, könnten wir es uns gemütlich machen.«

Während Liz genervt über seinen Ausspruch stöhnte, wanderte er unbeirrt zur Garderobe, streifte dort seine Boots ab und entledigte sich seines Jacketts. Liz zeigte sich schon die ganze Zeit über leger, dieses Recht wollte er nun auch in Anspruch nehmen. Ordentlich hing er seine Jacke auf und stellte seine Boots unter die Garderobe, neben Liz'. Als er so ohne Jacke da stand, spürte er einen kleinen Sog, der durch das Zimmer zog, wobei er mit gezieltem Blick vermutete, dass es von den offenen Schranktüren herstammte, wo zuvor Hubert herausgesprungen kam. Zielstrebig wanderte er dort hinüber und schloss diese Geheimtür, die ihm wie das Tor zur Hölle erschien. Sicherheitshalber drückte er die beiden Flügel nochmals fest an und betrachtete die Türen grübelnd, zog schließlich einen Sessel heran und stellte ihn davor. Wer wusste schon, wer und was sonst noch dadurch gesprungen kam. Plötzlich fixierten seine Blicke den anderen Schrank, der in unmittelbarer Nähe stand. War das nun ein wirklicher Schrank, oder verbarg sich dort auch etwas anderes Geheimnisvolles, wie er zuvor schon vermutete.

Liz hingegen wanderte angewidert in die Küche ab, als sie an Maiks neugierigem Gesichtsausdruck erkannte, dass er darauf brannte zu erfahren, was sich dahinter verbarg. Darauf konnte sie gut verzichten.

»Ich schau mal«, rief sie im Weggehen, »ob ich einen guten Rotwein finde.«

»Gute Idee!«, rief Maik ihr nach, »und ich schau mal, ob ich ein Buch finde, dann halten wir Märchenstunde ab.« Mit einem Gemisch aus Anspannung und Neugier trat Maik an den Doppeltürigen Schrank und fasste nach den Griffen. Einen Moment hielt er noch inne und malte sich die hässlichsten Gedanken aus, die man nur haben kann, wenn man an abtrünnige Sexpraktiken dachte, dann riss er die Türen auf und scheute erstaunt mit dem Kopf zurück. »Wow!«, stieß er enthusiastisch aus und winkte Liz herbei. Seine Blicke blieben dabei wie vom Donner gerührt in den Schrank gerichtet. »Das müssen Sie sich unbedingt ansehen«, sagte er mit einer Tonlage, die zwischen Begeisterung und Bestürzung schwang.

Mit zwei langstieligen Gläsern, in dem Rotwein schwamm, kam Liz zögerlich zurück, stoppte mit sicherem Abstand ab und schaute mit Beklommenheit zu Maik rüber, der mit geweiteten Augen seine Blicke gar nicht aus dem Schrank nehmen konnte, was bei ihr bewirkte, dass sich angewidert ihre Nackenhaare aufstellten.

»Nein danke«, lehnte sie mit rümpfender Nase ab und wagte sich nur einen Schritt näher heran. »Maik!«, rief sie ihm zu, »machen Sie die Türen zu«, befahl sie. Sie mochte keinen Blick in den Schrank werfen, oder was sich auch immer dort verbarg, was wohlweislich von Hubert mit Gerätschaften ausstaffiert worden war, was alle Möglichkeiten bot, einen Sex-Abend in der Hölle nachzuspielen, der keinerlei schmutzige Phantasien offen ließ. Pfui, dachte sie; und mit so einem Menschen schloss sie Verträge ab. Unverzeihlich. Eigentlich gehörte Hubert weggesperrt.

Gebannt hielt Maik seine Blicke in die offenen Türen gerichtet. »Schade, Sie verpassen wirklich was«, redete Maik enthusiastisch auf Liz ein und befolgte ihren Befehl nur widerwillig, aber mit einer gewissen Faszination in den Augen, die Liz etwas erschauern ließ. Er wandte sich Liz zu und griff nach einem Glas, dass sie ihm vorhielt.

Mit einer gewissen Beunruhigung beäugte Liz den Schrank, und hoffte, dass ihr der Anblick des Inhaltes für immer erspart blieb. Mit verachtenden Blicken strafte sie Maik, dessen Blicke wieder zu dem Schrank wanderten. »Dass Sie sich für so was begeistern können«, hielt sie ihm im geringschätzigen Ton vor und wagte den Versuch, an dem Schrank vorbeizugehen; und als sie auf gleicher Höhe mit ihm war, zog Maik eine Tür hastig auf, wobei Liz unweigerlich hineinschaute und laut einen Ekelschrei ausstieß, ohne überhaupt wahrzunehmen, was sich dahinter verbarg. »Maik! Sie sind ein Ekel!«, rief sie mit einer Mischung aus Entrüstung und Erleichterung, als sie erkannte, dass bloß eine nett hergerichtete Toilette mit Waschbecken im Raum verborgen lag und er sie bloß angeschmiert hatte.

Vertrauensvoll, aber mit schalkhafter Genugtuung, beugte sich Maik zu Liz rüber. »War doch gar nicht so schlimm, oder?«

Mit leichtem Herzrasen schaute sie ihn vorwurfsvoll an. »Sie sind gemein«, schimpfte sie, obwohl sie diese kleine Toilette sehr begrüßte. Das ersparte ihr den Weg durch Huberts Schlafzimmer, müsse sie mal Wasser lassen. »Führen Sie mich nie wieder so an der Nase herum«, zischelte sie und warf sich auf den Sessel, wobei sie misstrauisch einen Blick über ihre Schulter warf. Der Geheimgang wirkte so mystisch und bedrohlich auf sie, dass es sie frösteln ließ.

Maik schloss die Schranktür und seufzte beherzt. »Ich fürchte, ein Buch werden wir hier nicht finden«, warf er in den Raum und setzte sich behutsam auf das Schlafsofa.

»Ich habe in meiner Aktentasche noch die letzten Börsenberichte, die kann ich Ihnen gerne vorlesen«, züngelte Liz rachsüchtig.

Wenig angetan legte Maik seinen Kopf schief. »Klingt nicht gerade romantisch.«

»Ist aber sehr spannend.«

Mit verzagtem Lächeln schüttelte Maik seinen Kopf. Diese Frau besaß schon eine merkwürdige Auffassung von Spannung. Seine Gedanken wurden schier von dem Surren und Vibrieren seines Smartphones unterbrochen, welches er auf dem Tisch abgelegt hatte. »Ah!«, stieß er beschwingt aus, stellte sein Glas auf einem kleinen Tisch neben dem Sofa ab und sprang auf, »offenbar habe ich wieder Empfang.« Mit wenigen Schritten erreichte er den Tisch und griff hastig nach dem Gerät und durchstöberte die eingegangenen Nachrichten, die allesamt von seiner Familie herstammten, die sich um ihn sorgte. Mit geübter Fingerfertigkeit antwortete er, um seinen Eltern Entwarnung zu geben, die wiederum sofort antworteten und sehr bedauerten, dass er an der Bescherung nicht teilnehmen konnte. Ebenso bedauernd seufzte Maik und schlenderte zum Sofa zurück.

»Ihre Eltern?«, forschte Liz schuldbeladen nach und erhielt von Maik ein betrübtes Nicken, »tut mir leid, dass ich Ihnen das Fest versaue.«

»Na ja«, tönte er mit Galgenhumor, »Ihnen geht es ja auch nicht anders.« Er deutete auf die Eckbank, wo Liz' Aktentasche lag. »In Ihrer Tasche hat es auch gerade vibriert«, wies er sie hin.

Uninteressiert zuckte Liz mit der Schulter. »Wahrscheinlich meine Eltern, die sicher wissen wollen, ob der Vertrag zustande gekommen ist.«

»Sie werden sich doch sicher auch Sorgen machen.«

»Ja«, nickte Liz bestimmt, mit bissigem Unterton in der Stimme, »um den Vertrag.«

Auf ihre scharfen Worte hin traute sich Maik zunächst gar nicht einen Kommentar abzugeben, aber seine Neugier trieb ihn. »Feiern Sie denn kein Weihnachten zusammen?«

Liz schüttelte bestimmt den Kopf. »Nein. Wie schon erwähnt, genieße ich normalerweise die Ruhe.« Sie senkte ihren Blick und betrachtete versonnen ihr Glas, was sie in den Händen hielt. »Früher habe ich Weihnachten mit meinem Kindermädchen verbracht. Die wohnte bei uns im Haus.« Ihr Blick erhellte sich. »Sie war sozusagen meine Ersatzmutter, zu der ich wesentlich mehr Bezug hatte, als zu meiner eigenen Mutter.«

»Die jetzige Lebensgefährtin von Ihrem Opa«, fiel Maik ihr ins Wort und grübelte kurz, »Marianne, heißt sie.«

Liz musste lachen. »Ja. Sie erinnern sich?«

Natürlich erinnerte sich Maik an Marianne, obwohl er ihr persönlich nie begegnet war, aber Liz' Opa Alfred. Damals erfuhr er sogar eine ganze Menge über ihre Familie.

Es lag gerade mal ein Jahr zurück, dass Maik diesen Opa Alfred persönlich kennenlernen durfte. Auf einer Geschäftsreise kreuzten sich zufällig ihre Wege. Obwohl die Zeit es kaum zuließ, legte Liz spontan dieses Treffen ein, was sie in einen Park zum Spaziergang festlegte. Von Alfred wurde Maik begrüßt, als gehörte er schon immer zur Familie und durfte mit ihnen gemeinsam durch den Park schlendern. Zunächst hielt sich Maik diskret zurück, doch dann wandte sich Alfred nach ihm um.

»Kommen Sie junger Mann«, forderte er ihn auf, »trotten Sie nicht so hinterher.«

Nur befangen kam Maik seiner Aufforderung nach, aber seine Scheu ließ schnell nach, als Alfred ihn mit ins Gespräch einbezog und ihn mit Fragen durchlöcherte, die Maik, soweit es nicht seine Privatsphäre betraf, auch beantwortete, wobei der Alte es dennoch geschickt verstand, ihm einiges zu entlocken. Als Gegenleistung erfuhr Maik auch so einiges über die Saunders. Später saßen sie gemeinsam in einem Biergarten und aßen etwas. Ein schlichtes Gericht. Schnitzel mit Pommes.

Die lockere Art von Alfred erstaunte Maik. Er passte so gar nicht in die Familie und hatte mit seiner Tochter Vera so gar nichts gemeinsam. Seine herzliche und aufrichtige Art stand völlig entgegengesetzt zu ihr; und auch äußerlich gab es nicht die geringste Ähnlichkeit. Alfred war von großer Statur mit einem liebevollen Gesicht, was wenig Falten aufwies. Im Gespräch beim Mittagessen erfuhr Maik dann auch, dass Alfred von Liz' Großmutter getrennt lebte. Nicht geschieden, nur getrennt. Alfred wollte sein damaliges Vermögen mehr der Kunst widmen. Mit Reisen durch die Welt, um zu fotografieren und zu malen; und diese Werke dann auszustellen. Seine Tochter Vera stand zu dieser Zeit schon auf eigenen Füßen und leitete mit Emil die Firma, der ein erfolgreiches Studium absolviert hatte, Vera heiratete und schließlich mit ihr die Firma übernahm, wobei er den Namen seiner Frau annahm. Für Alfred der richtige Zeitpunkt, die Segel zu streichen, um das Leben zu genießen, doch seine Frau Elfie zog es lieber vor an der Seite von

Vera zu bleiben und dem Luxus zu frönen. Von da ab wurde Alfred wie ein Ausgestoßener behandelt. Für ihn stellte das jedoch kein Problem dar. Schließlich gehörte ihm die Firma und so blieb der Hauptanteil bei ihm, ein Teil ging an seine Frau und der Rest an Vera.

Für Liz hingegen bedeutete Alfreds Weggang ein großer Verlust. Schließlich war er der einzige Mensch in ihrem Leben, der ihr etwas Menschliches vermittelte, bei dem sie sich auch mal aussprechen konnte. Zum Glück erwies sich das Kindermädchen Marianne als zuverlässige Verbündete. Sie arrangierte heimliche Treffen mit ihrem Großvater, auch als sie ins Internat musste, riss der Kontakt nie ab, den Marianne, die damals nur noch gelegentlich Liz betreuen musste, aufrecht erhielt. Das Ergebnis; Marianne und Alfred wurden ein Paar. Nun begleitete sie ihn auf seinen Reisen und managte seine Kunstausstellungen. Heimliche Treffen gab es seit Liz' Volljährigkeit keine mehr. Sie machte keinen Hehl mehr daraus ihren Großvater zu treffen. Schließlich war sie ja alt genug, diese Entscheidung selber zu treffen, was Vera allerdings immer sehr wurmte.

Ab diesem Tag konnte Maik sehr gut nachvollziehen, warum Liz so sehr an dem kleinen Wagen hing, den Alfred ihr überließ; und als es hieß Abschied zu nehmen, vergoss Liz einige Tränen.

Als Maik sich diese Geschichte gedanklich vor Augen führte, wurde er plötzlich von Liz aufgeschreckt, der etwas spontan in den Sinn kam. Sie nippte gerade an ihrem Glas, als der Gedanke durch ihren Kopf fuhr.

»Mhh«, verschluckte sich Liz beinahe an ihrem Rotwein und setzte das Glas ab, »ich habe ja noch was für Sie.« Sie erhob sich, stellte ihr Glas ab und eilte zu ihrer Aktentasche, dort zog sie eine Mappe hervor und kehrte mit einem verschmitzten Grinsen zurück, wobei sie geheimnisvoll mit der Mappe wedelte.

Gelangweilt sackte Maik zusammen. »Sie wollen mir doch nicht etwa die neusten Börsendaten vorlesen?«

Ihr Grinsen wurde breiter. »Viel besser«, betonte sie und setzte sich wieder in den Sessel und schlug die Mappe auf, »dies ist die Geschichte eines jungen Chauffeurs...«, fing sie geheimnisvoll an.

»Die kenn ich schon«, entgegnete Maik gelangweilt.

Mit geheimnisvollem Schmunzeln betrachtete sie Maik. »Dann dürfte Sie die Fortsetzung interessieren.«

Stutzend beäugte Maik seine Chefin, die plötzlich so gelöst wirkte.

»Also«, fing Liz mystisch an, um die Stimmung anzutreiben, was Maik wahrhaftig die Spannung in die Glieder fahren ließ, »Anmeldung«, las sie laut betont vor, wobei Maik ein wenig ins Stutzen geriet, weil Liz ihre Brille nicht aufgezogen hatte, »für Maik Storm...« Sie wartete eine Reaktion ab und tatsächlich rutschte Maik nervös auf seinem Hintern herum. »Zum Meisterkurs.« Verdutzte Blicke trafen sie. »Und das ist kein Märchen.« Ordentlich schlug sie die Mappe wieder zu und reichte sie Maik, dem das Herz bis an den Hals schlug. Seit Jahren wartete er darauf, dass Vera endlich ihr Versprechen einhielt, jetzt konnte er sein Glück kaum fassen. Nach Worten ringend nahm er die Mappe an sich.

»Dass sich Ihre Mutter endlich mal dazu durchgerungen hat, ihr Versprechen einzulösen.«

»Stopp«, warf Liz ein, »da muss ich meine Mutter in Schutz nehmen, »das hat an mir gelegen«, gab sie offen zu, worauf Maik entrüstet Luft ausstieß, aber noch rechtzeitig einen bösen Kommentar verschluckte, um sie nicht zu verärgern und sie womöglich alles wieder umkehrte. Die aber merkte seine Empörung und lenkte ein. »Ich weiß, es war nicht fair.« Sie suchte nach versöhnlichen Worten, weil ihr peinlich aufstieß, mit welcher Rücksichtslosigkeit und Eigennutz sie ungehemmt seine Dienste in Anspruch nahm. »Ich fühle mich aber sehr sicher in Ihrer Nähe«, erklärte sie ihr Verhalten, was Liz in der Tat so empfand und hoffte, er akzeptierte ihre Begründung, doch Maik stieß nur fassungslos Luft aus, »ich verliere Sie wirklich sehr ungern«, beteuerte Liz, »ich kenne niemanden, dem ich so trauen kann...«

»Ach«, stieß Maik ungläubig aus, »eben haben Sie noch behauptet, ich habe Sie verkauft...«

Einlenkend erhob Liz ihre Hand. »Ich weiß, aber ich war so nervös... Ich bin Ihnen jetzt sogar sehr dankbar, dass Sie meinen Kopf gerettet haben und den Auftrag.«

Ihre aufrichtigen Worte stimmten Maik milde. »Keine Ursache.«

»Obwohl«, wandte Liz ein, »ich den Kuss schon etwas übertrieben fand.«

»Es sollte echt wirken«, verteidigte sich Maik.

Nachsichtig lächelte Liz. »Lassen wir das mal so stehen.«

Dankbar, dass Liz nicht nachtragend reagierte, nickte Maik einverstanden und betrachtete immer noch etwas fassungslos seine Anmeldung zum Meisterkurs, die vor ihm auf dem Schoss lag, dann überkam ihm eine Erkenntnis. »Bin ich jetzt ganz raus aus Ihren Diensten?«, war er etwas verunsichert.

»Was die Fahrten betrifft, ja.«

»Dann sehen wir uns nicht mehr«, resultierte er daraus, was seine Stimmung etwas absinken ließ. Oft hatte er Vera verflucht, dass sie ihn nicht aus dem Fahrdienst entließ, nun herrschte Trübsinn in seiner Brust. Er mochte Liz, weil sie so gar nicht in diese Familie passte und er mit ihr auch zwischenmenschliche Gespräche führen konnte; und seine böse Bemerkung über ihre Mutter, die er damals bei der ersten Begegnung vom Zaun fallen ließ, hatte sie nie verraten. Sie führten ein verbündetes Verhältnis. Zwei, wie Pech und Schwefel. Aber trotz aller Vertrautheit blieb immer diese Distanzscheibe zwischen ihnen. Er saß halt vorne und kutschierte Liz und sie saß im hinteren Teil des Wagens und bestimmte wo es lang ging.

Erstaunt nahm Liz seine getrübte Stimmung auf, die sie gut zu deuten wusste. Es war so eine Situation, die man durchlebte, wenn man aus der Schule entlassen wurde. Jahrelang quälte man sich dort hin und wenn es hieß Abschied zu nehmen, merkte man erst, dass man vieles vermissen würde. »Ich werde nicht aus der Welt sein. Außerdem bringe ich meinen Wagen regelmäßig zur Inspektion.«

»Falls Sie aber doch mal einen Fahrer brauchen...«, hielt er ihr die Möglichkeit offen und hoffte, dass er sie gelegentlich doch mal kutschieren durfte.

»Ohhh, ha«, entgegnete Liz scherzhaft, »wollen Sie riskieren, dass Sie wieder den Heiligabend mit mir verbringen müssen?«

Er legte zum Konter auf, wobei er schelmisch lächelte. »Wenn ich wieder so großzügig beschenkt werde...«, sagte er charmant.

Liz lächelte bloß, beugte sich vor und griff nach ihrem Glas. »Prost«, sagte sie sanft und nippte daran. Maik tat ihr gleich, dann wurde eine Erinnerung bei ihm geweckt. Auch er hatte ja noch eine kleine Überraschung parat. Schnell erhob er sich und wanderte mit seiner Anmeldung zum Meisterkurs an den Tisch, legte ihn dort ab und wanderte zur Garderobe durch, dort durchwühlte er sein Jackett und zog schließlich eine schmale, längliche Schachtel heraus. Mit einem triumphalen Ausdruck im Gesicht trat er an Liz heran, die erstaunt zu ihm aufschaute, als er ihr die Schachtel vorhielt.

Voller Ehrfurcht erhob sich Liz und starrte ihn ungläubig an. »Sie machen mir ein Geschenk?«

»Nun ja«, stammelte Maik bescheiden, »eigentlich ist es kein Geschenk.«

Nun erreichte Liz' Interesse ihren Höhepunkt. »Sondern?«

Er reichte ihr die Schachtel. »Nun«, fing er zögerlich an und wurde etwas verlegen, was bei Liz die Anspannung antrieb, »mehr ein Dienst... Eigentlich hoffte ich, an einem geeigneteren Ort meine Aufmerksamkeit überreichen zu können.«

Liz lachte kurz auf und schaute umher. »Wo kann man ein Geschenk besser überreichen, als hier in intimer Atmosphäre?«

Genau dies meinte Maik. Für ihn war dieser Abend mehr als nur intim. Mit seinem Chef in einer kleinen Hütte den Weihnachtsabend zu verbringen, gehörte schon zu einer sehr vertrauten und familiären Situation. »Machen Sie doch auf, Frau Saunders«, drängte er plötzlich um seine Verlegenheit zu unterdrücken.

Liz hielt für einen Moment inne und betrachtete ihren ungeduldigen Chauffeur. »Nennen Sie mich Liz«, bat sie ihn nett, »ich glaube, das ist für heute besser angebracht.« Dann richtete sie ihren Blick auf die Schachtel, die ihren Puls etwas antrieb. So nette Kleinigkeiten bekam sie sonst nie geschenkt. In ihrer Familie wurden nur hochkapitalisierte Aktienpakete verteilt, aber niemals Aufmerksamkeiten, außer von ihrem Opa. Und nun wurde sie sogar von ihrem Chauffeur mit einer kleinen Gabe bedacht. Einen Moment zögerte sie noch, am liebsten hätte sie diese Vorfreude ein Leben lang aufrecht erhalten, doch Maik tänzelte etwas ungeduldig umher, was sie letzten Endes antrieb. Mit großer Erwartung öffnete sie die Schachtel, was ihr für einen längeren Zeitraum den Atem raubte. Stumm hielt sie dabei ihren Blick auf einen silbernen Kugelschreiber gerichtet, von dem sie glaubte, ihn für immer verloren zu haben. »Maik«, stieß sie schwach aus, zu mehr war sie kaum in der Lage und musste sich an den Hals fassen, »wo haben Sie den gefunden?«

Mit etwas Stolz richtete sich Maik auf. »Er lag im Wagen. Er ist hinter den Rücksitz gerutscht.«

Ergriffen führte Liz ihre Hand zum Mund, um ein Schluchzen zu verhindern. »Ich kann Ihnen gar nicht sagen, wie sehr ich mich freue«, sagte Liz mit zittriger Stimme.

»Ich weiß, wie sehr Sie daran hängen«, sagte er einfühlsam. Wie wichtig Liz dieser unscheinbare Kugelschreiber war, wusste Maik nur zu gut. Alfred schenkte ihr dieses echt silberne Schreibgerät, das mit einer persönlichen Widmung versehen war, zum Abitur, der seitdem ihr ständiger Begleiter war. Ein Maskottchen sozusagen. Doch seit einiger Zeit war der Kugelschreiber verschwunden und Liz besaß nicht den geringsten Schimmer, wo sie ihn verloren haben konnte. Diesen Verlust hatte sie sich selber nie verziehen. Doch Maik konnte schon fast mit Gewissheit sagen, dass Liz ihn zuletzt im Wagen benutzt hatte und so nahm er den Karren Innenraum mäßig total auseinander.

Überaus dankbar lächelte Liz, wobei sie immer noch vor einem Emotionsausbruch stand. »Sie haben für mich extra den Wagen demontiert?«, war sie überwältigt.

Maik tat dies mit einem lässigen Schulterzucken ab. »Ich musste den Wagen eh mal gründlich reinigen«, sagte er so lapidar.

Dass die Grundreinigung das Ausbauen der Sitze erforderte, nahm Liz ihm nicht ab, aber umso höher bewertete sie seine liebe Geste. Mit zittrigen Händen schloss Liz die Schachtel wieder und drückte sie mit einer Hand fest an ihr Herz, dann legte sie ihren Arm um Maiks Hals und drückte sich an seine Wange. Eine Geste, die ihr spontan aus dem Herzen kam. »Danke«, hauchte sie zart und verharrte so eine Weile.

Unbeholfen stand Maik gebeugt so dar und wusste nicht, ob sie nun eine Umarmung von ihm erwartete und entschied, sie nur zaghaft an den Schultern zu berühren.

Zum wiederholten Male wanderte Jens ans Fenster seines Apartments und schaute auf den Fuhrpark, der darunter lag. Sorgenfalten lagen auf seiner Stirn. »Dieser Chauffeur müsste doch schon längst da sein.«

Nicht weniger besorgt kam Julia auf ihn zu geschlendert und schaute ebenfalls aus dem Fenster. »Ob ihm was passiert ist?«, sprach sie ihre Furcht aus, »oder er kommt mit dem Fahrzeug nicht zurecht.« Sie zuckte furchtsam zusammen, weil ihr ein weiterer übler Gedanken durch den Kopf schoss. »Oder... Hubert ist etwas zugestoßen. Ist doch auch unvernünftig, bei diesem Wetter alleine in der Dunkelheit durch den Wald zu fahren.« Wieder zuckte sie furchtsam zusammen, sprach ihren Gedanken aber nicht aus und steckte Jens damit sogar an, der sie wissbegierig anstarrte.

»Was?«, entfuhr ihm.

»Die Männer haben sich geprügelt.«

Erleichtert sackte Jens zusammen. »Das dürfte Hubert nicht gewonnen haben; und nein«, dementierte er, »dafür ist Hubert für Saunders viel zu wichtig. Sicher ist der Knabe auf dem Weg.«

»Oder«, warf Julia ein und grinste erleichtert über ihren Gedanken, »vielleicht hat er den Motorschlitten auch bloß vor dem Hotel abgestellt und sucht mich jetzt verzweifelt.«

Bedacht nickte Jens. »Wahrscheinlich«, murmelte er hämisch, »dann soll der mal tüchtig suchen.« Er schaute auf seine Armbanduhr mit einer gewissen Schadenfreude im Gesicht. »Hilde dürfte sich auch gleich auf den Weg machen.«

Glücklich darüber, dass ihr die Schmach erspart blieb, mit Maik den Abend verbringen zu müssen, legte Julia ihre Arme um Jens und küsste ihn. Dann schaute sie ihn argwöhnisch an, weil sich ihr eine Frage stellte. »Du scheinst deinen Bruder sehr zu hassen.«

»Ach, hassen ist zu viel gesagt«, schlichtete Jens, »aber er ist schon ein ziemliches Ekel und das was er von dir abverlangt hat, kann ich ihm nie verzeihen. Das schreit doch regelrecht nach Vergeltung«, befand er überzeugt und musste lachen, weil ihm etwas anderes in den Sinn kam, »ich bin gespannt, wie er reagiert, wenn ich ihm sage, dass ich die Firma verlasse und seine beste Mitarbeiterin mitnehme.« Er grübelte kurz. »Ich sollte es ihm gleich morgen früh sagen, wenn ich in der Hütte nach dem Rechten schauen gehe und er von Hilde schon niedergemetzelt wurde.« In seiner Schadenfreude schlug er seine Faust in die Hand. »Dann wird er gänzlich zu Boden gehen«, züngelte er boshaft. Wie aus einem Drang heraus schaute er wieder aus dem Fenster und stieß dann mit diabolischer Vorfreude Julia an. »Schau, Hilde macht sich schon mit den ersten Damen auf den Weg.« Mit Genugtuung beobachtete er, wie seine Schwägerin im dicken Mantel und Fellmütze gehüllt mit zwei Frauen und einem Fahrer in das Schneefahrzeug stieg. Das Schicksal nahm nun seinen Lauf. In seiner Vorfreude umschlang er Julia und trug sie küssend zum Sofa, das mitten im Raum stand und ließ sich mit ihr darauf fallen. Von nun an verschwendete er keinen einzigen Gedanken mehr an seinen Bruder; hatte nur noch Interesse an Julia.

Unterdessen lag Liz in relaxter Haltung, mit dem Rücken angelehnt, auf dem Sofa und nippte gelegentlich an ihrem Rotwein. Maik saß im Sessel und nippte ebenfalls an seinem Glas. Im Moment herrschte Langeweile.

»Nu sagen Sie was«, warf Liz in den Raum, so ganz ohne Beschäftigung ging ihr diese friedliche Stille gehörig auf die Nerven. Warum hatte sie auch nicht ihr Lap-Top eingesteckt? Maik dachte ebenso. Warum nur hatte er seine Spielekonsole im Wagen zurückgelassen? Und außerdem würde es auch ziemlich unbequem für ihn, die ganze Nacht auf dem Sessel zu verbringen.

»Was soll ich Ihnen denn erzählen?«, entgegnete er ratlos.

»Ach«, entgegnete Liz etwas ungehalten, »was weiß ich?« Sie warf einen Blick auf ihre Armbanduhr. Gerade mal 18 Uhr durch, bemerkte sie und musste gelangweilt seufzen, während Maik entschlossen seine Hände rieb und mit deren Hilfe sich dann aus dem Sessel erhob.

»Ich finde, es ist Zeit etwas zu essen«, sagte er und schaute Liz erwartungsvoll an, die mit einem verständnislosem Stöhnen reagierte.

»Wir haben doch eben erst gegessen.«

Enttäuscht legte Maik seinen Kopf schief. »Eben? Das ist fast fünf Stunden her«, widerlegte er, »und außerdem haben wir schon einen Gewaltmarsch hinter uns, das macht hungrig.«

»Ja«, stöhnte Liz entnervt, »aber wahrscheinlich nur bei euch Männern.«

Unbeirrt wanderte Maik ab in die Küche. »Ich habe eben im Kühlschrank ein paar Leckerlis entdeckt«, sagte er unterdessen.

Liz wälzte sich vom Sofa und folgte ihm. »Das ihr Männer immer ans Essen denken müsst«, rief sie ihm vorwurfsvoll nach, obwohl sie selber auch ein wenig Hunger verspürte, doch als sie die Tür zum Schlafzimmer erreichte, die noch offen stand, stoppte sie angewidert ab, als sie Hubert breitbeinig auf dem Rücken liegend im Bett sah. Zum Glück bedeckte der Bademantel seine Genitalien, so dass ihr dieser Anblick erspart blieb. Um einen generellen Anblick zu verhindern, wagte sie einen Schritt ins Zimmer und streckte ihre Hand nach der Türklinke aus, ohne ihren Blick von Hubert zu nehmen, als säße ein Raubtier auf dem Bett, das man besser nicht aus den Augen ließ, um für das Schlimmste gewappnet zu sein.

Maik kam interessiert zurück und beobachtete Liz, wie sie ängstlich in vorgebeugter Haltung verharrte und sich nicht traute, einen Schritt mehr ins Zimmer zu wagen, um die Tür zu schließen.

»Keine Sorge«, beruhigte Maik Liz, die ihn aufgeschreckt anstarrte »ich glaube nicht, dass er jetzt aufspringt und über Sie herfällt.« Er schaute schmunzelnd auf Hubert nieder. »Außerdem kann er ohnehin keinen großen Schaden anrichten«, fügte er voller Häme hinzu.

Beklommen fasste sich Liz an den Hals. »Was?«, stieß sie ängstlich und verstört aus.

»Na ja«, fing Maik an zu erklären und deutete auf Hubert, »er hat einen ziemlich kleinen Schwanz.«

Liz' Angst schwang in Ekel um. Widerstrebend versuchte sie dieses Bild aus dem Kopf zu kriegen. »Maik«, nannte sie ihren Chauffeur gewichtig und konnte mit einer wissenschaftlichen Erklärung nicht einhalten, »Sie sollten wissen, dass ein Penis im erregten Zustand über sich hinauswächst.«

Mitleidig stieß Maik einen Laut aus. »Armer Heg«, frotzelte er, »dann wird er wohl im Sitzen pinkeln müssen.«

»Maik!«, rief Liz ihn zur Räson, »es reicht!« Mit ihren Händen über die Oberarme reibend, versuchte sie ihre Gänsehaut zu vertreiben, dann zeigte sie hektisch auf die Tür, »machen Sie die Tür zu«, befahl sie und zeigte mit ihrem Finger in Hegs Richtung, »ich mag ihn nicht mehr sehen.«

Mit amüsiertem Grinsen langte Maik nach der Türklinke und befolgte ihren Befehl, dann schlenderte er unbeirrt in die Küche zurück und riss den Kühlschrank auf. Seine Hände in die Hüften gestemmt betrachtete er den Inhalt. Die liebevoll dekorierten Brotscheibchen lachten ihn an und lockten mit kulinarischen Düften. »Ich kann mich gar nicht entscheiden.«

Liz folgte ihm. »Der Abend ist lang. Ich bin sicher, Sie schaffen alles«, züngelte sie bissig.

Pikiert schaute er sie mit strafenden Blicken an. »Haben Sie mich gerade gefräßig genannt?«

Unbeeindruckt zuckte Liz mit der Schulter.

Immer noch beleidigt stieß Maik Luft aus. »Das ist nicht nett.«

Erhaben trat Liz neben Maik, beugte sich vor und zog einfach eine Platte hervor und stellte sie auf die Anrichte. Versöhnlich blinzelte sie ihn an. »Fangen wir doch damit an.«

Ein großer Motorschlitten durchbrach die Stille des Waldes und schreckte die Tiere auf, die im verschneiten Dickicht nach Nahrung suchten. Zwei Personen saßen darauf, eingehüllt in wattierten Jacken mit Kapuze und Pelzkrägen. Die Hände in dicken Handschuhen gehüllt. Das Ziel; Hegs Blockhütte. Dem Tempo nach hatten es die dunklen Gestalten sehr eilig, als sei der Teufel hinter ihnen her.

Knatternd fuhr der Motorschlitten an die Veranda der Hütte vor und stoppte leicht rutschend ab. Die hintere Person stieg sofort ab und eilte die Stufen der Veranda hinauf und winkte der andern hektisch zu, die keine Zeit verschwendete und ebenso eilig die Stufen hinaufsprang.

Liz und Maik horchten gemeinsam und aufmerksam in der Küche auf, als sie das Motorengeräusch wahrnahmen und nahmen schon mal eine Alarmhaltung ein. Maik konnte jedoch mit einem Scherz nicht zurückhalten.

»Erwarten Sie noch Besuch?«, fragte er Liz, die starr vor Angst kaum merklich den Kopf schütteln konnte.

Sie hörten Gestampfe vor der Tür, dann schob sich die Tür knarrend auf. Vorsichtig lugend streckte Maik seinen Kopf durch die Küchentür und bedeutete Liz mit wedelnder Handbewegung vorsichtshalber in Deckung zu bleiben. In ihrer Panik vor der Ungewissheit, ob wirklich Gefahr drohte, schaute Liz wild umher und suchte nach einer Waffe, die sie zur Verteidigung einsetzen konnte und griff schließlich nach einer Pfanne, die über dem Herd hing. Sie übte ein paar Schläge damit aus, um zu prüfen, ob die Pfanne, die ihr etwas leicht und klein vorkam, auch als Waffe geeignet war, dann stellte sie sich leise hinter Maik, der nun um den Türrahmen schaute und beobachtete, wie zwei Gestalten ihre Handschuhe hastig abzogen, sie achtlos auf den Boden fallen ließen und sich dann ihre wattierten Jacken aufrissen, sich diese gegenseitig von den Leibern zogen und sie ebenfalls achtlos auf den Boden fallen ließen, wobei einer der beiden leise sagte: »Schön, dass alles vorbereitet ist«.

Die größere Person beugte sich zur kleineren hinunter und vergrub ihr Gesicht am Hals der anderen. Erst beim näherem Betrachten erkannte Maik, dass die größere Person ein Mann war, mit schwarzem pomadigem Haar und die andere eine blonde Frau. Ihrem Gehabe nach stufte Maik die Beiden als gefahrlos ein und sprach sie an.

»Hallo«, rief er ihnen freundlich zu, worauf die beiden Fremden zusammenfuhren, hastig von aneinander abließen und ihn verstörend anstarrten, aber nur kurz. Der pomadige Mann blinzelte skeptisch zu Maik rüber und stellte sich schützend vor die Frau und nahm eine Angriffshaltung ein, worauf Maik automatisch in den Alarmmodus schaltete.

»Was machen Sie hier?«, rief der Fremde mit spanischem Akzent und zückte aus einer Scheide, die an seinem Gürtel hing ein langes Messer hervor und kam langsam und drohend auf Maik zu, der schützend seine Hände vor sich hielt und ängstlich das Messer betrachtete, welches bedrohlich aufblitzte.

»He, Kamerad«, warnte Maik den hitzigen Spanier im ruhigen Ton, »nehmen Sie das Messer weg«, redete er beschwichtigend auf ihn ein, während Liz fast atemlos in der Küche in Deckung blieb, die den Ernst der Lage gut erkannt hatte und die Pfanne mit beiden Händen umklammernd zum Schlag bereit hielt.

Die fremde Frau stand nur regungslos an der Tür und hielt den Atem an.

Plötzlich kam der Fremde auf Maik losgestürzt und stach mit vorgebeugter Haltung auf ihn ein, doch Maik erwischte gerade noch den richtigen Zeitpunkt und sprang Richtung Küchentür zur Seite, so dass der Fremde an ihm vorbei stürzte und an der Schlafzimmertür abprallte, sich aber pfeilschnell wieder umwandte und Maik schnell wieder ins Visier nahm, der nun am Sofa stand. Er grinste Maik überlegen an und fuchtelte mit dem Messer herum, dann trat er einen Schritt vor und in dem Moment als er auf Maik losstürzen wollte, kam Liz aus der Deckung hervor gesprungen, holte seitlich mit der Pfanne weit aus und schlug heftig damit auf den Hinterkopf des Fremden ein, der aber nur ins Straucheln geriet, was Maik aber nutzte, seinen Arm mit dem Messer zu packen und ihn unter seinen klemmte und ihm das Messer aus der Hand entriss, wobei er dem Kerl blitzschnell noch mit dem Ellenbogen eins unter die Nase verpasste und dabei das Messer auf das Sofa warf.

Etwas benommen und orientierungslos taumelte der Mann mit der Pomaden-Frisur umher, während die Fremde hysterisch aufschrie und schwach auf einen Stuhl niedersank und ihren Kopf stützte.

In ihrem Eifer wollte Liz schon erneut auf den Mann einschlagen, doch Maik packte ihn am Arm und nahm ihn in den Polizeigriff und hielt ihn so unter Kontrolle. Aus seiner Nase blutete es heftig, so dass Liz beruhigt die Pfanne herunternahm und einen Blick zur Frau wagte. Erschüttert und ihre Hand ergebend erhoben, fuhr Liz entsetzt zusammen.

»Frau Heg!«, rief Liz ihr peinlich berührt zu und versteckte sogleich die Pfanne hinter ihrem Rücken.

Mit geweiteten Augen starrte die Frau Liz verwirrt an. »Frau Saunders?«, stieß sie schwach und verwirrt aus.

Den Fremden immer noch im Griff haltend, stutzte Maik und schwenkte seinen Blick zu Liz rüber, die ihm hektisch bedeutete, den Mann loszulassen, dem er dann einen kräftigen Schubs gab und er fast vor Hilde landete, die hastig aufsprang und seine blutende Nase betrachtete.

»Juan«, redete Hilde besorgt auf ihn ein und hielt seinen Kopf ins Licht um seine Blessuren genauer zu begutachten.

Liz war in der Zwischenzeit in die Küche gerannt und hatte ihre Schlagwaffe wieder an ihren Platz gehangen und kehrte mit einem nassen Handtuch zurück und reichte es dem Mann. Reuig schaute sie Hilde an, die von Juan abließ und er sich nun selber versorgen musste, der seinen Kopf in den Nacken legte und sein Gesicht unter dem Handtuch vergrub.

»Das tut mir außerordentlich leid«, beteuerte Liz und wandte sich kurz Maik zu, der etwas ratlos und verwirrt wirkte, »das ist mir wirklich sehr unangenehm«, fügte sie reuig hinzu und beschwor Hilde mit ihren unschuldigen Augen. Ihre Gedanken schwirrten um den Vertrag herum, den es nun galt, nach dieser Panne erneut zu retten.

»Ich versteh das alles nicht«, sagte Hilde und schien immer noch etwas benommen vom Schock, »wieso sind Sie hier?«

»Nun«, mischte sich Maik ein, »Ihr Mann hat uns hier eingeladen...«, behauptete er.

Sichtlich verwirrt versuchte Hilde ihre Gedanken zu sortieren. »Eingeladen?«

»Ja«, warf Liz ein und schaute Maik bedeutsam an, »er hat uns die Hütte... zur Verfügung gestellt.«

Zerstreut fasste sich Hilde an die Stirn und sank wieder auf einen Stuhl nieder. »Zur Verfügung?«, verstand sie nicht, »wozu?«

Ging das wieder los, dachte Liz peinlich berührt. »Nun... Maik und ich, wir...«, stammelte sie, »haben eine Affäre...« Sie spielte ihre Verlegenheit geschickt aus. »Das sollte eigentlich nicht so publik gemacht werden, deswegen hat Ihr Mann...« Liz sprach den peinlichen Satz nicht aus und hoffte, dass Hilde dennoch verstand, aber die schaute sie nur verstört an. Plötzlich erhob sie ihren Blick.

»Ich verstehe.« Und als habe sich ein Schalter bei Hilde umgelegt, wirkte sie mit einem mal wieder völlig klar. »Hubert hätte mir doch was sagen können«, war sie empört und betrachtete Juan, der immer noch mit dem Nasenbluten kämpfte, dann wandte sie sich wieder Liz zu, »ich bin von jemandem angerufen worden, der glaubte, dass hier in der Hütte etwas nicht in Ordnung sei, also habe ich mich mit meinem Verwalter gleich hierher gemacht.« Vorwurfsvoll schaute sie Maik an. »Den Sie beinahe umgebracht haben.«

Das war ja nun der Gipfel, empfand Maik brüskiert, hielt aber einen Kommentar ein, weil Liz ihm bedeutete besser nichts zu sagen, doch der dachte gar nicht daran. »Ich habe mich bloß verteidigt.« Verachtend schaute er zu Juan rüber, der nun das Handtuch in der Hand hielt und seine Nase damit vorsichtig betupfte. »Dieser spanische Matador hat zuerst angefangen«, wehrte er sich; und glauben tat er Hilde nicht ein Wort.

»Natürlich«, entgegnete Hilde aufgebracht und ohne Reue, »weil wir dachten Sie seien ein Eindringling.«

Wäre ihr der Vertrag nicht so wichtig gewesen, Liz wäre, nach Hildes gewissenloser Äußerung, am liebsten nochmals in die Küche gerannt und hätte die Pfanne wieder hervorgeholt. Sie konnte Maiks Einwand gut verstehen. Nicht auszudenken, wäre Maik bei der Messerattacke ihres unbesonnenen Verwalters etwas zugestoßen. In diesem Punkt war Hubert ihr nun noch etwas schuldig, wobei ihr in den Sinn schoss, dass, wenn sie sich mit Hubert auf diese Affäre eingelassen hätte, sie ganz blöd aufgefallen wäre. An diese Peinlichkeit wollte sie gar nicht denken. Wenn ihre Mutter dahinter gekommen wäre, wäre sie womöglich von ihr geviertelt worden. Oh je, schoss Liz durch den Sinn, zöge stattdessen ihre angebliche Affäre mit Maik ihre Runden; die Vierteilung war ihr sicher. Trotz aller peinlicher Begebenheiten spielte Liz die Friedfertige und legte gute Mimik zum bösem Spiel auf, während Hilde nichts mehr auf ihrem Platz hielt. Sie sprang auf und atmete gereizt auf, wobei ihre Besorgnis bei Juan lag.

»Wenn es dir besser geht, fahren wir wieder zurück«, sagte sie und grollte inbrünstig, »Hubert reiß ich den Kopf ab, wenn ich heim komme«, tobte sie, »er hätte doch was sagen können.«

Gedankenlos wandte sich Maik dem Schlafzimmer zu. »Den Weg können Sie sich sparen, er liegt nebenan.«

Erschüttert zuckte Hilde zusammen und schaute Juan bestürzt aus ihrem Seitenwinkel an, der ebenfalls schlagartig verängstigt wirkte. »Hubert ist hier?«, hakte sie verstört nach.

Mit eingefrorenem Lächeln wandte sich Liz Hilde zu. Warum musste Maik ihr das erzählen? Es dürfte schwierig werden eine Erklärung zu finden, warum Hubert, mit nichts darunter, im Bademantel im Bett lag. »Ja«, antwortete sie heiser, »er hat uns die Hütte hergerichtet...« Sie fuchtelte nach Worten suchend mit den Händen umher. »Dabei hat er etwas zu viel Cognac getrunken.«

»Dieser Schwachkopf«, betitelte Hilde wütend ihren Mann, »er weiß doch genau, dass er dieses Zeug nicht verträgt.«

»Tja«, warf Maik dazwischen und warf große Enttäuschung in seine Stimme, um Liz' Auslegung Glaubwürdigkeit zu vermitteln, »damit hat er uns auch ganz schön den Abend verdorben.«

»Und mir erst«, presste Hilde zornig hervor, »ich habe extra meinen schönen Damenabend abgebrochen, weil ich glaubte, hier wurde eingebrochen.« Mit ihren Kräften am Ende, wandte sie sich Juan zu, der sein Nasenbluten endlich eingedämmt hatte. »Ich denke, du fährst wieder zurück und ich bleibe hier bei Hubert«, wies sie ihn an.

Wie ein braver Schuljunge nickte Juan unterwürfig, beugte sich vor und griff nach seiner dicken Jacke und sammelte seine Handschuhe ein. »Gut, ich fahr dann jetzt«, teilte er mit, in seinem spanischen Akzent, der seine tiefe Enttäuschung ausdrückte. Mit sehnsüchtigem Blick zog er die Jacke über und schob den Reißverschluss bis zum Hals zu und zog seine Handschuhe über. Wieder warf er Hilde einen sehnsüchtigen Blick zu, der ihrerseits aber nicht erwidert wurde, was sie nur verraten hätte. Dann riss er mannhaft die Tür auf und trat in die eisige Kälte. Wenige Sekunden später schon hörte man den Motorschlitten davon sausen.

Aufgebracht atmete Hilde laut durch und stapfte in die Küche. Wuselte dort umher und kam schließlich mit einer Flasche Whiskey zurück und einem Stumper.

»Ich bin nebenan«, verkündigte sie übellaunig. Hastig stieß sie die Tür auf und warf sie ebenso hastig und mit Schmiss zu.

Maik zog bei dem Türknall etwas seinen Kopf ein und schaute Liz bedeutsam an, die erschöpft zusammensackte und ihren Kopf in ihre Hand fallen ließ.

»Oh nein«, stieß sie flehentlich aus, »lass es ein Traum sein.« Vorwurfsvoll richtete sie ihre Blicke auf Maik. »Wieso haben Sie gesagt, dass Heg hier ist?« Sie wartete erst gar keine Antwort ab. »Wie soll er erklären, dass er nackt im Bademantel steckt?«

Gleichgültig schob Maik seine Schulter hoch. »Wenn Frau Heg schlau ist, wird sie ihn nicht danach fragen, denn die ist auch nicht ganz ohne.«

Eine Weile starrte Liz Maik verdutzt an. »Was?!«, hakte sie dann verwirrt nach.

»Frau Heg lügt; und das ohne rot zu werden«, behauptete er flüsternd und legte gleich eine Erklärung nach, weil Liz verstört ihr Gesicht verzog, »dieser Matador«, presste er geringschätzig hervor, »hing ihr am Hals, als ich sie ansprach«, eiferte er sich.

Liz verstand kein Wort. »Was reden Sie da?«

Langsam schritt Maik auf Liz zu, wobei er das Schlafzimmer kontrollierend im Auge behielt, dann wandte er sich Liz zu. »Der Matador hat ein Verhältnis mit Frau Heg.«

»Oh«, stieß Liz erstaunt aus, die nun verstanden hatte, »dann ist Hilde ja auch nicht viel besser...«

»Ja, allerdings. Alles Scheinheilige«, frotzelte Maik.

»Und was für ein dummer Zufall, dass beide am selben Abend und am selben Ort...« Fassungslos breitete Liz ihre Arme aus und sprach den Satz nicht zu Ende, während Maik sehr nachdenklich gestimmt wurde.

»Ja«, bestätigte er, »wobei ich aber glaube, dass dieser Jens genauestens Bescheid wusste und diese Zufälle für eine Hinterlist nutzen wollte.« Nachdenklich schwirrten seinen Blicke umher. »Er hat mit Sicherheit gewusst, dass Beide hierherkommen wollten.«

»Glaube ich nicht«, warf Liz Bedenken ein, »warum sollte er seinem Bruder schaden? Damit schadet er sich doch nur selber.«

»Aber er hat doch alles hier hergerichtet.«

Nachdenklich kniff Liz ihre Augen zu. So ganz ausschließen wollte sie es nun doch nicht, dass Jens ein doppeltes Spiel aufzog. Mit dem Blick eines kaltblütigen Rächers grinste Liz plötzlich und wanderte um das Sofa herum und griff nach dem Messer, das Maik dort abgelegt hatte. Sie packte es an der Klingenspitze, wie ein Messerwerfer und warf es gegen diese "Geheimtür", wo die Klinge laut einschlug und sich tief in das Holz bohrte. Der Griff wabbelte noch eine Zeit lang bedrohlich hin und her.

»Vielleicht sollte ich mir den Knaben morgen mal vornehmen«, presste sie rachedurstig hervor, wobei ihr entging, dass bei Maik sichtliches Unbehagen ausgelöst wurde, während sie ihre garstigen Blicke auf das Messer gerichtet hielt.

»Mann oh Mann«, murmelte Maik eingeschüchtert, »bin ich froh, Sie nicht zum Feind zu haben.«

Hastig wandte sich Liz nach Maik um. »Sagten Sie was?«

Entwaffnend und froh, dass sie seine böse Bemerkung nicht verstanden hatte, erhob er seine Hände. »Ja«, antwortete er, »das hier ist wohl eine beliebte Liebeslaube.«

Bestätigend und mit einem unguten Gefühl im Magen nickte Liz und schaute bedacht umher. »Hoffentlich kommen nicht noch mehr Besucher. Mein Bedarf an Abenteuer ist gedeckt.«

Das sah Maik genauso, drum wanderte er zur Tür und schaute, ob es eine Möglichkeit gab sie zu verbarrikadieren; und in der Tat gab es einen schweren Holzriegel, den er vorschieben konnte. Raffiniert, dachte er, denn bei vorgeschobenen Riegel konnte man ungebetenen Gäste den unfreiwilligen Einlass verwehren. Nach geleisteter Arbeit klopfte er, wie ein Handwerker, der gerade Schwerstarbeit abgeleistet hatte, seine Hände ab, wobei seine Blicke an Hildes Jacke hängen blieben, die noch schluderig auf dem Boden lag.

»Ein Benehmen ist das«, nörgelte er verständnislos, griff nach dem Teil und hängte es fürsorglich an die Garderobe.

Unterdessen suchte Liz nach einem langen und schmalen Gegenstand, den man durch die zwei Griffe der Geheimtür schieben konnte, um diesen Eingang auch zu sichern.

»Das Messer!«, rief Maik ihr plötzlich zu, der ihr ansah, was sie im Schilde führte.

Vom diesem Vorschlag angetan, zog Liz kräftig am Messergriff und musste schon alle Kraft aufwenden, um das Messer aus dem Holz zu ziehen, was ihr gut gelang und kurzum schob sie die lange Klinge durch die Griffe, dann schob sie den Sessel, der davor stand, noch dichter an die Doppeltür heran und warf sich hinein.

»So!«, stieß sie überzeugt aus und verschränkte wie ein Bodyguard ihre Arme, »jetzt soll noch mal jemand wagen, hier einzudringen.«

Im Nebenzimmer saß Hilde schmollend neben ihrem Mann im Bett und kippte gerade einen Whiskey herunter. Übellaunig warf sie einen Seitenblick auf ihn. Ihre Blicke blieben an seinen breit auseinandergeklafften Beinen hängen, wobei sie nicht widerstehen konnte seinen Bademantel zu lupfen. Oh, entfuhr ihr gedanklich, als sie sah, dass Hubert nichts drunter trug, zum Herrichten warst du nicht hier, bezweifelte sie und seufzte sehnsüchtig, ihre Gedanken bei Juan, von dem sie sich eine feurige Liebesnacht versprach; und nun spendete ihr nur der Whiskey Trost. Den Heiligabend hatte sie sich wahrlich anders vorgestellt.

Unterdessen war Maik in die Küche gewandert und kam mit einer Platte Häppchen heraus, die Liz vor dem Zwischenfall schon aus dem Kühlschrank hervorgeholt hatte. Durch die ganze Aufregung wurde sein Hunger noch mehr angetrieben. In vorgebeugter Haltung hielt er Liz die Platte hin.

»Frau Saunders«, sprach er sie überhöflich an, »darf ich Ihnen ein Häppchen anbieten?«

Mit einem Grinsen der Genugtuung griff Liz ungeniert danach. Nach dem fast tödlichen Angriff dieses pomadigen Matadors sah sie nun diese kostspieligen kulinarischen Spezialitäten als kleine Entschädigung an. »Danke«, lächelte sie ebenso höflich zurück und ließ sich den Lachs auf dem Gaumen zergehen. Schwärmerisch griff sie nach einem zweiten Happen.

Maik schaute kurz um sich und suchte nach einer Abstellmöglichkeit. »Frau Saunders«, sprach er Liz an, »würden Sie die Platte mal kurz halten?«

Missbilligend rümpfte Liz ihre Nase und nahm die Platte entgegen. »Hatten wir uns nicht auf Liz geeinigt?«

»Ja... ich erinnere mich wieder«, stammelte Maik verlegen. Irgendwie kam ihm diese Freundschaftsgestik etwas zu vertraulich vor. Aber er dachte nicht lange darüber nach, sondern zog vorsichtig den kleinen Tisch zwischen ihn und Liz, worauf noch die Weingläser standen. Er räumte alles etwas zusammen, so dass Liz die Platte mit den Köstlichkeiten ohne Weiteres darauf abstellen konnte.

Mit leichter Erschöpfung ließ sich Maik auf das Sofa plumpsen, griff nach seinem Glas Rotwein und gleichzeitig nach einem Häppchen. »Wieso nennen Sie sich eigentlich Liz?«, fragte er kauend, »Elisabeth ist doch ein hübscher Name.«

»Haben Sie eine Ahnung«, entgegnete Liz angekratzt und erntete von Maik einen fragenden Blick, »er ist einfach zu lang und wird ständig abgekürzt«, erklärte sie und redete sich damit in Rage, »meist als Elly.« Sie grunzte beleidigt. »Das klingt doch, wie Ellenbogen, oder noch schlimmer, Sissy. Damit wurde ich am meisten aufgezogen. Dann habe ich mir angewöhnt, mich einfach als Liz vorzustellen, denn auf diese Variante kommen die Wenigsten... und die meisten Leute glauben so auch komischerweise, ich heiße wirklich so.«

»Warum benutzen Sie nicht Ihren Zweitnamen?«, legte er eine Frage nach. Von Liz' Visitenkarten wusste er, dass sie einen zweiten Namen trug.

Mit schief gelegtem Kopf betrachtete Liz ihren Angestellten. »Ich merke gerade, Sie haben nicht die geringste Ahnung wofür dieses D auf meiner Karte steht.«

»Stimmt«, gab Maik zu.

»Daisy«, betonte Liz mit unterschwelligem Ton. Diesen Namen hasste sie noch mehr.

»Das ist doch auch hübsch«, befand Maik.

Liz beugte sich vor und griff nach ihrem Glas und schaute Maik streng an. Dieser Mann besaß offensichtlich überhaupt keine Ahnung. »Daisy«, betonte Liz diesmal energischer, »ist die Freundin von Micky Mouse.«

»Oh«, stieß Maik verzagt aus und verstand jetzt ihren Ärger.

»Sehen Sie, genauso wurde ich auch betitelt, als das im Internat rauskam.« Immer noch verärgert über ihre Mitschüler schüttelte Liz den Kopf. »Nicht auszudenken, was sich meine Eltern hätten einfallen lassen, wenn ich ein Junge geworden wäre.«

»Goofy«, platzte es aus Maik spontan und hemmungslos heraus und lachte lauthals los und wurde von Liz geschockt angestarrt, die dann aber auch lachen musste.

»Da bin ich ja noch mal gut davongekommen.«

Beide brauchten eine Weile, bis sie ihr Lachen wieder mäßigen konnten, immer wieder mussten sie aufprusten.

»Wir sollten etwas leiser sein«, mahnte Liz und kämpfte immer noch mit ihrem Lachen und schaute zur Schlafzimmertür, »wir stören die Hegs.«

»Na und«, tat Maik dies uninteressiert ab, »ist doch nicht unsere Schuld, wenn die keinen Spaß haben. Jeder was er verdient«, bemerkte er gönnerhaft und musste zwanghaft zur Schlafzimmertür schauen, »was Heg wohl denkt, wenn er morgen neben seiner eigenen Frau aufwacht?«, kam ihm ein Gedanke.

»Erfreut wird er wohl nicht sein«, spottete Liz und wurde nachdenklich, mit einem melancholischen Ausdruck im Gesicht, »manchmal frage ich mich, warum heiraten Menschen?«

»Liebe«, antwortete Maik spontan.

Für diese Antwort hatte Liz nur ein zynischen Grunzen übrig. »Glauben Sie etwa daran?«

Überzeugt nickte Maik. »Natürlich.«

»Da sind Sie aber ganz schön naiv«, konterte Liz, »was mich betrifft, ich habe da aufgegeben.«

Bedauernd betrachtete Maik Liz, die etwas enttäuscht wirkte. »Klingt, als haben Sie schlechte Erfahrungen hinter sich.«

»Oh ja«, sprudelte es aus Liz heraus, die einen kräftigen Schluck aus ihrem Glas nahm, als wolle sie ihre Erinnerungen ertränken, »von meinen zwei Beziehungen, hatten es beide Kerle nur auf unser Vermögen abgesehen und linsten auf einen Posten in der Chefetage. Wie gut, dass ich das noch rechtzeitig erkannt habe.« Aufgebracht über ihre gescheiterten Beziehungen schüttelte sie ihren Kopf. »Ich ziehe es seither vor, lieber Single zu bleiben, bevor ich irgendwann morgens neben so einem Monster aufwache, wie Heg eines ist.«

Maik konnte ihr gut nachfühlen. In ihrer Position konnte er sich sehr gut vorstellen, dass es schwierig war den Mr. Right zu finden. Plötzlich wurde er von seinem Handy aufgeschreckt, das noch auf dem Tisch an der Eckbank lag. »Entschuldigung«, bat er um Nachsicht, »da möchte ich gerne dran gehen.«

Gütig lächelte Liz und ließ ihn gewähren. Sofort stellte Maik sein Glas ab und wanderte dort hin. Mit schneller Fingerfertigkeit öffnete er die Nachrichten, die er erhalten hatte und musste schmunzeln, als er ein paar Fotos ansah, die ihm seine Schwester geschickt hatte. Wenn Maik immer glaubte, die vergangenen Heiligabende seien chaotisch gewesen, so wurde er nun des Besseren belehrt. So ein Durcheinander, was ihm jetzt auf den Fotos geboten wurde, übertraf alles.

Mitteilungsbedürftig wanderte er zum Sofa zurück, Liz saß inzwischen darauf, mit dem Rücken an der Lehne gestützt und ihrem Glas in der Hand, in dem noch ein Rest Rotwein schwamm.

Voller Euphorie streckte Maik sein Handy Liz entgegen. »Das sollten Sie sich anschauen.«

Sie schaute zu ihm bedauernd auf. »Ohne Brille sehe ich das doch nicht.«

Maik zögerte nicht lange und wanderte wieder an den Tisch zurück und holte die Aktentasche von der Eckbank hervor und reichte sie Liz, der nun gar nichts anderes übrig blieb, ihre Brille hervorzuholen, um ihn nicht zu beleidigen. Als die Brille perfekt saß nahm Liz das Handy entgegen. Maik blieb unterdessen am Sofa stehen.

»Kommen Sie«, forderte Liz ihn auf und deutete auf die freie Seite, »setzen Sie sich zu mir.«

»Halten Sie das für sinnvoll?«, warf Maik Bedenken ein. Ihm schien das ein Tick zu intim.

»Nu stellen Sie sich nicht so an«, widersprach Liz, »wo wollen Sie denn sonst die Nacht verbringen?«

Maik wollte schon den Sessel vorschlagen, doch als er das Möbelstück betrachtete, erwog er nun doch besser Liz' Rat zu befolgen. Schnell wanderte er um das Sofa herum und rutschte neben sie, die ihm sein Handy zurückgab und er nun selber die Fotos durchstöberte und ihr jedes einzelne vorzeigte und Erklärungen dazu abgab. Bereits nach dem zweiten Foto war seine anfängliche Scheu verflogen und er rückte näher an Liz heran, damit er sich nicht so weit rüber beugen musste.

Für Liz ein sehr befremdlicher Moment, ihn so nahe neben sich zu wissen und wie er dabei so tiefe Einblicke in sein Privatleben erlaubte. Ach quatsch, verwarf sie schnell diesen Gedanken. Was war denn heute Abend noch privat? Die Wand zwischen dem Vorder- und Rücksitz war doch schon längst durchbrochen; schon damals, als sie ihn mit zum Tanzkurs schleppte und ihn als ihren Tanzpartner erkor.

Nach einer viertel Stunde und einem weiteren Glas Rotwein, war Liz vollends in Maiks Familie instruiert. Sie kannte die Eltern, seine ältere Schwester, ihre drei Kinder und ihren Mann.

»Sie scheinen eine sehr intakte Familie zu sein«, bemerkte Liz und zog sich die Brille ab, während Maik sein Handy neben sich legte.

»Oh ja«, schwärmte Maik und schaute sie eindringlich von der Seite an, wobei er sich fast dafür schämte, ein glückliches Familienleben zu besitzen. In diesem Punkt besaß er wesentlich mehr, als Liz. Sie strebte nicht einmal an, ihr Smartphone in die Hand zu nehmen, um es auf Nachrichten zu kontrollieren, weil sie wusste, dass niemand sie vermisste. »Wollen Sie Ihr Handy nicht auch mal durchschauen?«, redete Maik auf sie ein, vielleicht gab es ja doch jemand, der sich um sie sorgte, »es hat sich doch ein paar Mal gemeldet.«

Genervt stöhnte Liz und tat ihm schließlich den Gefallen, zog ihr Handy aus der Aktentasche hervor und setzte wieder ihre Brille auf. Sie streckte ihm das Handy entgegen und deutete auf das Display, wo eine Nachricht stand. »Es sind bloß meine Eltern, die wissen wollen, ob der Vertrag zustande gekommen ist«, erklärte sie geringschätzig.

»Keine Nachricht von Ihrem Opa?«, hakte Maik nach und klang sichtlich enttäuscht.

Liz lachte milde. »Mit ihm habe ich schon heute Morgen telefoniert.« Sie schaute Maik bedacht an. Süß, wie er sich um sie sorgte.

»Wie geht es Ihrem Opa Alfred?«, erkundigte sich Maik ehrlich interessiert.

»Sehr gut. An Silvester werde ich ihn treffen«, verkündigte sie vergnügt und nippte an ihrem Rotwein, »er ist in Wien und bereitet eine Ausstellung vor, die er an Silvester präsentiert«, erklärte sie, »ich werde dort hinfahren«, teilte sie euphorisch mit.

Erleichtert atmete Maik auf, weil er sich freute, dass Liz von ihrem Opa nicht auch noch verlassen wurde. »Wien ist schön«, erklärte er sanft und war schon etwas neidisch.

Liz wurde plötzlich von einem Gedanken ergriffen. »Hätten Sie Lust mich zu begleiten?«

Beinahe hätte Maik laut »Ja« geschrien, weil ihn Wien schon immer sehr interessierte und auf so günstige Weise als Chauffeur, läge ganz in seinem Sinne, das wollte er aber nicht so offen zugeben. »Sie suchen einen Fahrer?«

»Natürlich«, antwortete Liz, obwohl sie eher an einen Begleiter dachte, aber das wollte sie nicht so offiziell zugeben, um ihm nicht irgendwelche falschen Hoffnungen zu machen, »falls Sie bereit sind Ihren Urlaub dafür zu verschieben, das ist aber nicht verpflichtend«, fügte sie hinzu, um ihn nicht unter Druck zu setzen.

Eine Weile lang tat Maik so, als müsse er überlegen. »Eigentlich habe ich Silvester nichts vor. Das passt im Grunde ganz gut.«

»Fein«, freute sich Liz und betrachtete diese Angelegenheit als beschlossen und blinzelte zum kleinen Tisch hinüber, »könnten Sie die Platte mit den Häppchen bitte holen?«, bat sie ihn nett, »Sie sitzen günstiger.«

Dieser Aufforderung kam Maik sehr gerne nach, wäre doch auch zu schade gewesen, wenn das Essen schlecht geworden wäre, und als er schon mal stand, wanderte er auch gleich zur Küche und holte die Flasche Rotwein hervor.

»So!«, stieß er mit Überzeugung aus, »jetzt wird der Abend gemütlich.« Der Abend wurde wahrlich gemütlich. Maik legte noch Holz nach und öffnete sogar noch eine zweite Flasche Wein. Sie plauderten ungezwungen und lachten über ihre Anekdoten, die sie sich gegenseitig erzählten. Irgendwann, der Rotwein war schon leer und Liz hatte Schwierigkeiten mit der Artikulierung, warf sie die Tagesdecke auf und legte sich darunter. Großzügig erlaubte sie Maik, sich auch damit zudecken zu dürfen.

Erschöpft ließ Liz ihren Kopf ins Kissen fallen und ließ ihre Blicke über die Holzdecke schweifen, bis sich ihre Augen an einem Gegenstand festbissen. »Da«, stieß sie plötzlich schwach aus, »das musst du dir anschauen.« Langsam streckte sie ihren Arm zur Decke und zeigte auf den Mistelzweig, der genau über ihnen hing.

Maik, der auf der Seite, mit dem Gesicht in Richtung nach außen lag, wunderte sich zunächst, als Liz ihn duzte, dann wälzte er sich auf den Rücken und starrte ebenfalls zur Decke. »Oh«, entgegnete er mit Bewunderung für Hubert, der sich das womöglich ausgedacht hatte und glaubte, das sich Liz regelrecht dazu verpflichtet fühlte, dem Weihnachtsbrauch nachzukommen, »ganz schön raffiniert.« Langsam wandte er sich Liz zu, die lahm nickte, ihre Augen nahmen versonnene Züge an, dann drehte sie sich Maik zu und stützte sich auf ihren Ellenbogen, schaute ihn grübelnd an und überraschte ihn plötzlich mit einem Kuss. Sie verharrte einen Moment auf seinen Lippen, wobei Maik reglos liegen blieb und sich nicht traute, sich zu regen. Allerdings schlug ihm das Herz bis zum Hals, das er kaum vor Liz verbergen konnte. Plötzlich ließ sie von ihm ab und schaute ihn eindringlich an, obwohl sie aus dieser Nähe kaum etwas erkennen konnte, durch ihre Weitsichtigkeit. Aber das war für sie ohnehin nur nebensächlich. Seine Lippen zogen sie wieder magisch an; wogegen sie nicht ankämpfen konnte und ihn erneut küsste, diesmal richtig, wogegen sich Maik nicht wehrte, erst als sie ihn wieder anstarrte, sprach er seine Bedenken aus, um ihr die Chance zu bieten, jetzt noch einen Rückzieher machen zu können.

»Morgen werden Sie das bereuen«, mahnte er sie. Das hielt er für seine Pflicht als Gentleman, doch Liz ließ sich nicht beirren und küsste ihn wieder und wieder, schmatzte sein Gesicht ab und sog sein Aftershave auf.

»Du bist einfach nur süß«, flüsterte sie erregt und trieb damit Maiks Puls weiter an; und der unterließ jetzt jegliche Warnung, weil er glaubte, ihr ausreichend ins Gewissen geredet zu haben, und wenn er für sie eine Sünde wert war, war sie es für ihn allemal. Ungeniert schob er seine Hände unter ihre Bluse, mit denen er ihren Rücken massierte, dann versuchte er sich an dem Verschluss ihres BHs, den er auch schnell knacken konnte, dann massierte er ungehemmt ihren nackten Busen, während Liz seinen Hosenschlitz öffnete und ihre Hand hineinsteckte, was Maik noch mehr antörnte und er seine Erregung kaum noch unter Kontrolle halten konnte. Plötzlich nahm Liz etwas Abstand zu Maik ein und betrachtete ihn eine Weile, dann fiel ihr Oberkörper erschöpft zusammen und ihr Kopf sank auf seine Schulter und blieb dort liegen. Ihre Hand steckte dabei immer noch in seinem Hosenschlitz.

Eine Weile lag Maik regungslos nur da. Er brauchte eine Zeit lang, die Geschehnisse zu verarbeiten und seinen Puls wieder herunterzufahren. Oh scheiße, entfuhr ihm dabei gedanklich, wie konnte er sich nur so gehen lassen? Das Verhältnis zu Liz wurde doch so nur zerstört. Sich mit seiner Chefin einzulassen konnte doch nicht sinnvoll sein und schon gar nicht unter Alkoholeinfluss.

»Liz«, rief Maik sie sacht an und zuckte vorsichtig mit seiner Schulter, doch sie zeigte keinerlei Regung. Wie im Koma lag sie auf seiner Schulter, was ihn erwog, erst einmal ihre Hand aus seiner Hose zu ziehen. Vorsichtig fasste er Liz am Handgelenk und zog die Hand aus dem Hosenschlitz, wobei ihm wieder etwas Erregung durch den Körper fuhr, was ihn etwas aufprusten ließ. Dann unternahm er keine Versuche mehr Liz zu wecken. Ihm schien sinnvoller diese heikle Situation erst einmal auf sich beruhen zu lassen. Wenn Liz sich morgen nicht mehr erinnerte, oder erinnern wollte, würde er Stillschweigen darüber wahren und sie niemals darauf ansprechen.

Als sein Puls wieder normalen Rhythmus anschlug verschaffte er sich eine bequemere Liegeposition ohne Liz zu wecken, die weiter friedfertig auf seiner Schulter schlummerte.

Niemand vermochte zu bestimmen, wie viel Zeit vergangen war, als plötzlich die Stille von einem hysterischen, männlichen Aufschrei durchbrochen wurde.

Aufgeschreckt erhob Liz ihren Kopf, horchte aufmerksam und setzte sich auf. Maik, der ebenfalls von dem Schrei aufgeschreckt wurde, setzte sich auch auf, dann belauschten sie ein verlogenes Wortgefecht, zwischen Hilde und Hubert.

»Hilde!«, rief Hubert hastig auf, »was machst du hier?«

»Ich habe einen Anruf erhalten, dass hier in der Hütte etwas nicht stimmt, dann bin ich hierhergekommen.«

»Ach... ja...?«, stammelte Hubert.

»Ach Schatz«, lenkte Hilde ein, »tu nicht so unschuldig, ich weiß, dass du Saunders die Hütte zu Verfügung gestellt hast. Du musst sie nicht decken, sie hat mich informiert. Du hättest mich aber einweihen sollen, dann wäre dir diese Peinlichkeit erspart geblieben«, hielt sie ihm vor, wobei sie aber nachsichtig klang, »und du hättest dich allerdings mit dem Cognac zurückhalten sollen«, fügte sie hinzu, in einem Ton, der ihm alles verzieh.

»Ja, du hast recht«, gab Hubert zu, dann folgte kurze Stille, »ach Hilde«, schmachtete er dann und wenige Sekunden später wurden sie Ohrenzeugen, wie sie übereinander herfielen und hemmungslos ihrem Trieb nachgaben unter lautem Gestöhne.

»Oh nein«, stöhnte Liz angewidert, warf die Decke auf und schwang ihre Beine heraus und setzte sich an die Sofakante, »bleibt mir denn gar nichts erspart«, jammerte sie wehleidig und stützte ihren Kopf in ihre Hände, der etwas schwer auf ihren Schultern lastete.

Mit taktischer Zurückhaltung beobachtete Maik seine Chefin, gab keinerlei Kommentar ab, weil er nicht genau erkannte, was nun in ihrem Kopf herum spukte und ob sie sich überhaupt an etwas erinnerte.

Als das Stöhnen im Nebenzimmer lauter wurde und man nun auch ein heftiges Knarren des Bettes vernehmen konnte, sprang Liz auf; und als sie stand und bemerkte, dass ihr BH offen war, zuckte sie beschämt zusammen und verharrte einen kurzen Moment, in dem ihr alle Vergehen der vergangenen Nacht in den Kopf sprangen. Äußerlich gefasst ging sie an die Eckbank, zog dort ihre Reisetasche hervor und verschwand fast fluchtartig im WC. Ihre Scham spielte ihr einen gehörigen Streich, was sie in Eile versetzen ließ.

Wenig später saß Liz auf dem Klo und ließ sich all ihre Sünden durch den Kopf gehen. Beinahe verzweifelt hing sie vorgebeugt auf der Schüssel und stützte ihren Kopf. Wie nur konnte sie sich so derart gehen lassen? Den Respekt hatte sie doch nun vor Maik verloren. Nur durch einen Gedanke wurde die ganze Angelegenheit für sie erträglich; dass Maik künftig nicht mehr im Dienst als ihr Chauffeur tätig sein würde; und dennoch würde dieser kleine Makel für immer auf ihrer Seele lasten.

Bei Maik spielten sich ähnliche Gedanken ab. Als Liz eben aufsprang und einen Moment reglos stehenblieb, wusste er, dass ihr alles wieder eingefallen war. Ebenso verzweifelt saß er auf der Sofakante, vorgebeugt auf seinen Knien gestützt. Das ihm letzte Nacht seine guten Manieren so derart im Stich gelassen hatten, konnte er kaum fassen. Das ganze Vertrauen zu Liz mit einem Mal zerstört. Die Geräuschkulisse aus dem Nebenzimmer nahm er dabei gar nicht mehr wahr, obwohl Hilde und Hubert noch tüchtig zu Gange waren. Seine Gedanken galten nur Liz und wie er ihr entgegentreten sollte, wenn sie gleich aus dem WC kam. Auf jeden Fall nicht kompromittierend, entschied er.

Plötzlich sprangen die Türen vom WC auf und Liz stand im Rahmen. Ihre Blicke trafen sich kurz, dann setzte sich Liz mit einem verlegenem Räuspern in Bewegung. Aufgefrischt schritt sie zur Eckbank und legte dort ihre Reisetasche wieder ab. Just in diesem Moment ertönte ein lustvoller Aufschrei, was Liz und Maik gleichermaßen aufschreckte. Widerstrebend, aber wie aus einem Zwang heraus, richteten sie gleichzeitig ihre Blicke auf die Schlafzimmertür und vernahmen dann den letzten Hauch von Hilde, die womöglich die Erfüllung ihres Lebens erfahren durfte.

»Haben die beiden denn gar kein Schamgefühl«, presste Liz erschüttert hervor und musste gegen einen Ekel ankämpfen, weil sie in dem Moment an Maiks Kommentar denken musste, als er Huberts Penis am Vorabend kommentierte.

»Und das alles mit so einem kleinen Schwanz«, züngelte Maik unüberlegt, worauf Liz ein Aufschrei entfuhr, um ihren Ekel zu überwinden.

»Danke, für das Kopfkino!«, entfuhr Liz aufgebracht, die sich schütteln musste, dann in die Küche floh und die Tür zuzog, um keine weitere belästigenden Geräusche und Kommentare mehr wahrnehmen zu müssen. In der Küche stand sie eine Weile planlos herum, orientierte sich aber dann und suchte Utensilien zusammen, um Kaffee aufzubrühen, wovon sie sich totale Ernüchterung versprach, wozu sie einen Kaffeebereiter vorfand.

Wenig später stand Liz mit einer Tasse Kaffee in der Hand an der Anrichte gelehnt und ließ den Abend Revue passieren. Hätte sie doch nur auf den Alkohol verzichtet, den sie für ihr dummes Verhalten verantwortlich hielt.

Plötzlich schob sich die Tür vorsichtig auf und Maik trat ein. Trotz der intensiven Wäsche am Waschbecken, war es ihm nicht gelungen seine Schuldgefühle wegzuwaschen. Nach Worten suchend wagte er eine kleine Annäherung zu Liz. Verdammt, fluchte er in sich hinein, warum nur musste ihm das passieren? Unverzeihlich.

Vom Schlafzimmer war wieder lautes Getöse zu vernehmen, was Liz nur mit einem Stöhnen und schmerzverzerrtem Gesicht kommentierte und Maik dann hektisch herbeiwinkte.

»Kommen Sie rein und machen Sie die Tür zu«, befahl sie, was Maik ohne Widerstand befolgte, dann stand er Liz wiederum unbeholfen gegenüber und suchte nun deutlich merklich nach Worten des Bedauerns.

Mutig atmete Liz durch, vertrieb ihre Scham. »Sagen Sie nichts, was Sie am Ende nicht wirklich meinen«, hielt sie ihn zurück, »schieben wir die ganze Angelegenheit einfach auf den Alkohol«, schlug sie vor, worauf Maik einverstanden nickte und Liz sofort die Thematik umschwenkte und auf den Kaffeebereiter deutete, »Kaffee?«

Stumm nickte Maik und atmete innerlich erleichtert auf, dass Liz keine Szene um den vergangenen Abend aufführte.

Als Jens an diesem Morgen neben Julia aufwachte, wäre er am liebsten liegengeblieben und hätte ihr noch stundenlang beim Schlafen zugeschaut. Ihr liebreizender Anblick ließ ihn gar nicht los, aber leider gab es da dieses Versprechen, was er Saunders abgegeben hatte, damit sie wieder nach Hause kam. Bei diesem Gedanken entfuhr ihm ein

Grinsen, was ihn plötzlich beflügelte doch aufzustehen. Der Gedanke, Hubert nun die Kündigung zu präsentieren, nach dem er jetzt am Boden lag, erfüllte ihn mit Freude. Schnell schwang er sich aus dem Bett, aber vorsichtig genug, um Julia nicht zu wecken. Er gönnte ihr den Schlaf, weil sie ja am Nachmittag noch ihren Spätdienst ableisten musste.

Sein erster Gang führte Jens zum Fenster mit Ausblick auf den Parkplatz. Mit Genugtuung schaute er auf das große Räumfahrzeug, das Hilde womöglich wieder zuhause abgesetzt hatte. Er vermutete, dass sie nun deprimiert in ihrem Apartment saß und sich die Augen ausheulte, und Hubert, so mutmaßte er, lag wahrscheinlich noch in der Hütte und traute sich nicht mehr nach Hause, nachdem er sich vor Hilde und ihren Freundinnen blamiert hatte. »Geschieht dir recht«, murmelte Jens voller Häme und konnte kaum erwarten ihm seine Kündigung an den Kopf zu hauen. Dieser Gedanke versetzte ihn in Eile, wobei er fröhlich ein Lied pfiff, auch wenn es ihm um Hilde leid tat, aber er glaubte ihr einfach mal die Augen öffnen zu müssen.

Bevor sich Jens auf den Weg zur Hütte machte, holte er in der Lobby Erkundigung ein, ob Maik eingetroffen war und wo er sich nun aufhielt, damit er ihn wieder mit zur Hütte nehmen konnte und ihm bedeuten, dass Julia zu keiner Zeit für Sexspielchen zur Verfügung stand.

»Das kann ich Ihnen nicht sagen«, antwortete die junge Frau, »Herr Storm ist gestern nicht ins Hotel zurückgekehrt.«

»Danke«, sagte Jens abwesend und versuchte den gestrigen Abend in der Hütte zu rekonstruieren, wobei ihm tausend Varianten im Kopf herumwirbelten, was alles geschehen sein konnte, und warum Maik nicht im Hotel angekommen war. Diese Ungewissheit versetzte ihn wiederum in Eile. Hoffentlich war ihm nicht doch etwas zugestoßen.

Trotz, dass Liz die letzte Nacht offensichtlich nicht als dramatisch einstufte, stand Maik ihr etwas befremdlich gegenüber. Ihm gelang es kaum, sie anzuschauen. Seine Scham lastete wie die Pest auf seinem Gemüt, was Liz ihm deutlich ansah, die im Gegensatz zu ihm sich äußerlich nichts anmerken ließ, obwohl sie von Selbstzweifeln durchgerüttelt wurde. Wieso ausgerechnet mit Maik, dem sie so vertraute? Sie beäugte in unauffällig, wie er eingekehrt an seinem Kaffee nippte. Natürlich er, fuhr es ihr durch den Sinn, ihm konnte sie bedingungslos trauen, und wer eignete sich besser, um unverbindlichen Sex zu vollziehen, als er? Mit einem Mal gefiel ihr der Gedanke. In dem Dschungel von habgierigen Aasgeiern und machthungrigen Geschäftsleuten war er doch ein Lichtblick. Treu, ergeben und anspruchslos.

Um ihre Gedanken abzulenken, riss Liz den Kühlschrank auf und zog eine Platte mit Häppchen hervor, die Maik tatsächlich nicht zum Opfer gefallen waren, und hielt sie ihm unter die Nase.

»Nein danke«, lehnte er betrübt ab, »kein Appetit.«

Liz lächelte ihn aufmunternd an, obwohl sie selber auch noch peinlich berührt war. »Nu kommen Sie«, forderte sie ihn nett auf, »wir können die letzte Nacht nicht rückgängig machen«, redete sie auf ihn ein.

Er atmete peinlich berührt durch und behielt seine Blicke auf seine Tasse gerichtet. »Ich kann mir das niemals verzeihen...«

»Schluss jetzt!«, befahl Liz und deutete nachdrücklich auf die leckeren Köstlichkeiten; und nur weil Liz ihn regelrecht nötigte, griff Maik nach einer kleinen Brotscheibe mit Lachs belegt und biss ab. Als er so darauf herumkaute, kam seine gute Laune zurück und er griff gleich nach einem zweiten.

»Geht doch«, züngelte Liz scherzhaft und bediente sich selber auch. Dazu stellte sie die Platte auf der Anrichte ab, »wie gut, dass Sie sich gestern eingeteilt haben. Das sind die Letzten.«

Als Liz dies so erwähnte langte Maik nochmals zu, ebenso Liz und das war auch gut so. Plötzlich sprang die Tür auf und Hubert kam tänzelnd herein, eingehüllt im Bademantel und schweißnassen Haaren.

»Hallo«, grüßte er gut gelaunt und fixierte die Platte mit den Häppchen, »das ist genau das, was wir brauchen«, sagte er strahlend und deutete auf den Kühlschrank, vor dem Liz noch stand, »ach Liz«, forderte er sie überfreundlich auf, »würdest du mir bitte den Champagner reichen?« Dann wandte er sich Maik zu und deutete auf den Schrank über ihm. »Und da oben sind die Gläser.«

Durch einen schmalen Spalt zog Liz eine Flasche Champagner aus dem Kühlschrank hervor und drückte sie Hubert in die Hand und Maik stellte ihm die Gläser auf die Platte mit den Häppchen, dann zog Hubert wogenden Schrittes und geschickter Balancefähigkeit ab, doch er kam noch mal zurück und zwinkerte den beiden zu.

»Ich hatte schon vergessen, wie toll Sex mit Hilde ist«, schwärmte Hubert überschwänglich, tänzelte durch die Schlafzimmertür und warf sie mit dem Fuß schwungvoll zu.

Maik wollte schon zu einem Kommentar ansetzen, doch Liz erhob gleich mahnend ihre Hand, bevor sie wieder einen Spruch über Huberts Genitalien ertragen musste. Sein Anblick war schon schlimm genug zu ertragen.

»Schade«, bedauerte Maik und beobachtete, wie Liz ihren Zeigefinger zum Mund führte und ihm damit verbat einen Kommentar abzugeben, wodurch sich Maik jedoch noch mehr angespornt fühlte, »die guten Häppchen«, schob er provokant nach und lachte.

Erleichtert atmete Liz auf und grinste dann überlegen, wobei sie die Kühlschranktür öffnete. »Es ist noch mehr da«, sagte sie schalkhaft.

»Sie haben mich angelogen?«

Enttäuscht über seine Kritik zog Liz einen Schmollmund und verzog ihn schließlich zu einem Grinsen, wodurch sich Maik anstecken ließ. An diesem Punkt spürten beide, dass der gewohnte Abstand zwischen ihnen wieder hergestellt war.

In der Annahme, dass Hubert und Hilde ihre Gelüste vollends befriedigt hatten und nun ihren Hunger stillten, wagten sich Liz und Maik in den Wohnraum auf die Eckbank und verzehrten dort die restlichen Häppchen und tranken Kaffee. Eine Weile saßen sie stumm beieinander, bis Maik die Stille durchbrach.

»Bin gespannt, ob Hegs Bruder wirklich hier auftaucht«, sagte er mehr zweifelnd.

Entschlossen schob Liz ihr Kinn vor. »Dann nehmen wir Huberts Motorschlitten und suchen ihn auf.«

Als sei Liz' Drohung für Jens eine Aufforderung, hörten sie plötzlich ein Motorgeräusch.

»Na, wer sagt's denn«, tönte Liz und Sekunden später schon versuchte jemand die Tür mit einem Schlüssel zu öffnen, die aber mit dem Riegel noch abgesichert war.

Jens hingegen wunderte sich, dass der Riegel vorgeschoben war. Ratlos schaute er umher, betrachtete genauestens die Umgebung unmittelbar vor der Veranda. Nichts deutete darauf hin, dass hier ein großes

Räumfahrzeug stand und ebenso keine Fußspuren von mehreren Personen. Komisch befand er und wandte sich wieder der Tür zu. Und wo nur steckte dieser Chauffeur?

Maik hingegen beschäftigte ein ganz anderer Gedanke.

»Jetzt bin ich gespannt, wie sich der Knabe raus redet«, bemerkte Maik zynisch, worauf Liz ihm bedeutete die Tür besser zu öffnen, bevor Jens wieder abwanderte und sie noch eine Nacht hier verbringen mussten.

»Hubert!«, rief Jens plötzlich mit panischer Stimme, »mach doch die Tür auf!« Er hatte den Satz noch nicht ganz ausgesprochen, da riss Maik die Tür auf und flößte Jens einen großen Schrecken ein.

»Herr Storm«, sprach er Maik hektisch an, »alles in Ordnung?«

Mit einladender Geste bat Maik Jens herein. »Natürlich«, antwortete er überspitzt, »was sollte denn auch nicht in Ordnung sein?«

»Nu.. ja«, stammelte Jens, »Sie sind nicht ins Hotel gekommen, da dachte ich...«

»Ach so«, antwortete Maik und tat als wäre ihm wieder alles eingefallen, »stimmt ja, ich hatte ja eine Verabredung.«

»Ja«, ereiferte sich Jens, »warum sind Sie hiergeblieben?«

»Ganz einfach«, mischte sich Liz ein, erhob sich und trat an Maik heran und schmiegte sich an ihn, »wir hatten ehrlich gesagt gar nicht vor, überhaupt hierherzukommen.« Mit ihrem Getue wollte sie unterstreichen, dass sie Hubert ihr unmoralisches Angebot nur aus taktischen Gründen unterbreitete, damit nur ja keine sittenlosen Gründe vermutet wurden, die womöglich die Runde durch das gesamte Hotel zogen.

Nun geriet Jens ins Stocken. Verwirrt wanderten seine Blicke zwischen Liz und Maik hin und her. »U..u...und wo ist Hubert?«

Lässig zeigte Liz mit ihrem Zeigefinger über ihre Schulter zum Schlafraum. »Der liegt mit seiner Frau im Bett.«

Fassungslos fiel Jens Kinnlade herab. »Hilde ist hier? Und die anderen Mädels?«, hakte er unbedacht nach.

»Anderen Mädels?«, hakte Liz scheinbar irritiert nach, »hier waren keine anderen Mädels.«

Aufgeschreckt suchte Jens nach einer Ausflucht. »Na ja, sie wollte sich doch mit ihren Freundinnen treffen«, erklärte Jens, wobei seine Verwirrung deutlich anstieg.

»Etwa hier?«, hakte Liz herausfordernd nach.

»Ehm...« Jens' Gedanken wurden schier blockiert, weil er merkte, dass nicht nur sein Plan mächtig in die Hose gegangen war, sondern er sich auch verplappert hatte.

»Jetzt mal raus mit der Sprache«, forderte Liz nun Klartext.

Mit einem Räuspern holte sich Jens seine Fassung zurück. »Was meinen Sie?«, spielte er den Ahnungslosen.

Etwas eingeschnappt, dass Jens sie für blöd hielt, verschränkte Liz ihre Arme und schaute ihn gnadenlos an. »Frau Heg war mit ihrem Verwalter hier, weil sie glaubte, hier sei etwas im Argen«, fing sie mit einer Erklärung an, womit sie versuchte ihn aus der Reserve zu locken.

Noch mehr verdutzt scheute Jens zurück. »Verwalter?«

»Ja«, bekräftigte Maik, »so ein spanischer... Matador.«

»Wir haben keinen Verwalter«, entgegnete Jens und wurde nachdenklich, als er sich »spanischer Matador« nochmals zu Gehör nahm, »das ist Hildes Reitlehrer«, erklärte er verwirrt.

»Zur Reitstunde waren die nicht hier«, warf Maik doppeldeutig ein.

Argwöhnisch schob Jens seine Brauen zusammen. »Wie meinen Sie das?«, fragte er verwirrt.

»Wie schon!«, presste Liz zynisch hervor, worauf Jens ein Licht aufging und Liz eine Weile mit offenem Mund anstarrte.

»Das glaub ich ja nicht«, faselte er fassungslos. In Gedanken vertieft trat Jens an den Tisch, zog einen Stuhl zurück und ließ sich darauf nieder. »Juan?«, murmelte er verwirrt und rümpfte angewidert seine Nase. Sein Blick wanderte zu Liz. »Und wo steckt er jetzt?«

»Er ist wieder gefahren, nach dem Frau Heg erfahren hatte, dass ihr Mann hier ist.« Entschlossen schob sie ihr Kinn vor. Nun wollte sie Antworten. »Sie wussten also, dass Frau Heg hierher kommt«, sagte sie Jens auf den Kopf zu.

Jens setzte sich hastig auf. »Ja, aber mit den Frauen!«, gab er zu.

Als Jens dieses Geständnis ablieferte ballte Liz ihre Hand und konnte nur unter Mühe ihre Faust zurückhalten. »Ach so«, platzte es aus ihr heraus, »scheint, als wollten Sie Ihren Bruder und mich vorführen.«

Hastig sprang Jens auf, worauf Maik Liz in Sicherheit zog. »Ja«, schrie er und hielt dann ein und senkte seinen Tonfall, damit Hubert seine List nicht mitbekam, »ich wollte mich an Hubert rächen«, gab er zu, »das, was er von Julia abverlangte, konnte ich doch nicht zulassen.«

Nun reagierte Maik etwas eingeschnappt. »Ach«, stieß er brüskiert aus, »dann haben Sie mir den netten Abend wohl auch nur vorgegaukelt.«

Reuig schnaufte Jens durch, fand aber keine klaren Worte der Entschuldigung, worauf Liz mit einem zynischen Grunzen reagierte, das all ihre Fassungslosigkeit über diesen boshaften Plan ausdrückte.

»Glauben Sie, dass Sie so Ihr Arbeitsverhältnis zu Hubert verbessern?«

»Arbeitsverhältnis«, konterte Jens bissig, »ich bin doch bloß sein Lakai.« Erregt tippte er sich auf die Brust. »Aber damit ist jetzt Schluss. Ich ziehe mit Julia mein eigenes Projekt durch.«

Liz legte plötzlich, als habe sich ein Schalter im Kopf bei ihr umgelegt, ein friedfertiges Gesicht auf und lächelte verzeihlich. »Meinen Glückwunsch«, gratulierte sie und verwirrte Jens noch mehr, als er es ohnehin schon war. Auch Maik verstörte sie, der ihre plötzliche Friedfertigkeit nicht zu deuten wusste.

Die Männer beobachteten, wie Liz zu ihrer Aktentasche wanderte, die noch neben dem Sofa auf dem Boden lag und ein Kärtchen hervorzog. Na warte, dachte sie heimtückisch, kehrte an den Tisch zurück und reichte Jens ihre Visitenkarte.

»Ich hoffe«, redete sie überspitzt und bestimmt auf ihn ein, »Sie denken an mich, wenn Sie Hilfe bei der Firmengründung benötigen.«

Beinahe verängstigt nickte Jens, was Liz als eindeutiges »Ja« aufnahm. Zufrieden lächelte sie dann Maik an.

»Jetzt möchte ich gerne nachhause«, sagte sie, wobei ihr Blick auffordernd an Jens hängen blieb, der sofort reagierte.

»Ich bringe Sie zum Wagen«, bot er entgegenkommend an, »die Straßen sind auch wieder freigeräumt«, fügte er noch zur Info hinzu.

»Das klingt perfekt«, freute sich Liz und fing an ihre Sachen zusammenzusuchen und nur wenige Minuten später stand sie abmarschbereit an der Tür.

Bei Liz' Geschwindigkeit konnte Maik kaum mithalten. Ihrem Benehmen nach konnte sie es wohl kaum erwarten aus der Hütte raus zu kommen; und mit welcher Cleverness sie auch noch einen Auftrag dabei einheimste, faszinierte Maik.

Als auch Maik abmarschbereit an der Tür stand, wurden sie erneut Ohrenzeugen, wie Hubert und Hilde die zweite Runde einlegten, worauf sich alle gegenseitig mit gerümpften Nasen stumm anschauten und dann schleunigst die Hütte verließen. Doch bevor Liz in das große Räumfahrzeug kletterte, schaute sie eine Weile die Hütte an, die so unschuldig wirkend dastand, als stünde sie unter einem heiligen Schutzmantel. Wie das Äußere doch täuschen konnte, dachte Liz und wünschte sich, niemals mehr wieder hier einkehren zu müssen, unter diesem Dach der Verlogenheit.

Als Jens das Fahrzeug unter lautem Getöse des Motors voran bewegte, wagte Liz nicht einen Blick zurück, aus Angst ein Fluch könne sie befallen.

Weil Jens einen anderen Weg mit dem Räumfahrzeug einschlagen musste, als Liz und Maik hierhergekommen waren, dauerte es eine ganze Weile als sie den Parkplatz endlich erreichten, wo der Wagen einsam verweilte. Zum Glück hatte es gestern nicht mehr viel geschneit, so dass Maik den Wagen nicht freischaufeln musste und so konnte er mühelos die Taschen, seine Jacke und Boots im Kofferraum verstauen.

Liz hingegen zog es vor in voller Montur in den Wagen zu steigen, wobei sie ihre Aktentasche lieblos als erstes auf die Rückbank warf. Ihre Gedanken galten nur noch dem Heimweg und sie sehnte schleunigst ihre Heimat herbei. Sie schaute nicht einmal mehr aus dem Fenster, als Maik den Wagen auf die Straße steuerte und Jens ihnen nachwinkte.

Es waren schon einige Kilometer vergangen und die Heizung des Wagens hatte den Innenraum wohltemperiert, da fing Liz erst an, sich die Boots von den Füßen zu streifen und ihre Pumps überzuziehen, sie zog ebenfalls ihre gesteppte Jacke aus und deponierte sie neben sich. Die restliche Fahrt schwieg sie, döste teilweise vor sich hin und grübelte. Ihr ganzes Leben stellte sie in Frage. Sie bemerkte nicht einmal, wie sie die Heimat erreichten und Maik den Wagen durch die bewohnten Straßen fuhr. Selbst hier im Tal hatte der Winter seine romantischen Spuren hinterlassen. Die Straßen waren wohl freigeschaufelt, aber an den Gehwegen lag aufgehäufter Schnee, sowie auf den Häuserdächern und in den Vorgärten, wo Kinder Schneemänner bauten.

Als Maik Liz' Haus erreichte, das abgelegen der Stadt lag und zu einer Reihenhausvilla gehörte, welches um 1900 erbaut worden war, fing es wieder an zu schneien. Maik stellte den Wagen entgegengesetzt der Fahrtrichtung ab, damit Liz die Straße nicht überqueren musste, um ihr die Strapaze zu ersparen die kleinen Schneehügel übersteigen zu müssen, die überall wie ein Schutzwall entlang der Bordsteine aufgehäuft lagen.

»Da sind wir«, verkündete Maik, stieg sogleich aus und öffnete Liz die Tür.

Liz ließ einen wehleidigen Laut ertönen und schaute missmutig aus dem Wagen, dann kontrollierte sie ihre Blazertasche nach ihrem Hausschlüssel und stieg aus. Es fröstelte ihr und so zog sie das Revers zusammen. Aber für den kurzen Weg bis ins Haus verzichtete sie auf ihre Steppjacke.

»Danke«, sagte sie sanft und hielt kurz inne, »fahren Sie noch zu Ihren Eltern?«, stellte sie eine interessierte Frage und erhielt ein Nicken zur Antwort.

»Ja. Ich muss mich ja mal sehen lassen«, scherzte Maik wobei er ein wenig Mitleid für Liz empfand, die nun den Rest der Feiertage alleine verbringen musste.

»Wenn es Ihnen was nutzt, können Sie den Dienstwagen nehmen, dann brauchen Sie nicht extra in die Firma zu fahren.« Sie glaubte, ihm diesen Gefallen nach dem verdorbenen Tag schuldig zu sein.

»Gerne, danke«, nahm Maik das Angebot an. Wahrhaftig konnte er so gut 30 Kilometer einsparen, was er bei dieser Witterung als große Erleichterung empfand, die selbst mit Gold nicht aufzurechnen war.

»Grüßen Sie Ihre Eltern«, trug Liz ihm noch auf, dann hielt sie nichts mehr in der Kälte. Mit vorsichtigen Schritten steuerte sie auf ihr Haus zu und schob das gusseiserne Tor von dem kleinen Vorgarten auf. Zum Glück hatte ihr Angestellter, der für den Garten zuständig war, den Weg zwischenzeitig vom Schnee befreit, so dass sie mühelos das Tor öffnen konnte. Ebenso vorsichtig ging sie über den Weg zum Haus, auf dem wieder eine dünne Schneeschicht lag und stieg die Stufen zur Tür hinauf. Mit flüssiger Bewegung zog sie ihren Hausschlüssel hervor, öffnete die Tür und verschwand im Haus, ohne noch mal zurückzuschauen.

Mit etwas Wehmut stand Maik am Wagen. Er hatte sich ein würdigeres Ende seiner Chauffeurlaufbahn gewünscht, aber nach dem Patzer der vergangenen Nacht konnte er kaum einen anderen Abgang erwarten; und die Tour nach Wien würde wohl auch nicht zustande kommen. Hier endete sein Dienst endgültig als Chauffeur.

Mit einem Schulterzucken tat er seinen Unmut ab und stieg in den Wagen. Ein langer Weg stand ihm noch bevor, also war es ratsam bei dem wieder eingesetzten Schneefall keine unnütze Zeit zu vergeuden.

Es waren schon einige Kilometer vergangen, als der Schneefall heftiger wurde und plötzlich hinter ihm ein Handy ertönte, das dumpf unter Liz' Steppjacke um Aufmerksamkeit kämpfte.

Oh nein, dachte Maik, und wusste sogleich, dass Liz ihre Aktentasche vergessen hatte, die nicht nur ihr Handy barg sondern auch den wichtigen Vertrag, was ihr jetzt wohl aufgefallen war.

Einige Meter weiter nutzte Maik die Gelegenheit rechts ran zu fahren, dann verrenkte er sich, zog die Steppjacke weg und angelte nach der Aktentasche, in der das Handy unaufhaltsam ertönte. Mit einem befremdlichen Gefühl im Magen wagte er das Handy hervorzuholen und betrachtete einen Moment das Display, welches eine Nummer anzeigte, die Maik nicht zuordnen konnte, von der er aber glaubte, dass es sich um Liz' Privatanschluss handelte. Nach kurzem Zögern nahm er das Gespräch entgegen.

»Ja«, meldete er sich verzagt und wurde von einer verwirrten Frauenstimme angeherrscht.

»Maik?«, dröhnte ihm Veras aufgeregte Stimme entgegen, »wieso gehen Sie ans Handy meiner Tochter?«, forderte sie Aufschluss.

Etwas vor den Kopf gestoßen, antwortete Maik prompt mit der Wahrheit. »Sie hat es im Wagen liegengelassen«, erklärte er und wurde sogleich unterbrochen.

»Und ihre Unterlagen?«

Aufgerüttelt hielt Maik nun erst einmal inne. Die Wahrheit konnte für Liz eine Menge Ärger bedeuten, und so wandte er eine Notlüge an, um sie zu schützen. »Also, die Aktentasche hat sie mitgenommen.«

Aufgebracht atmete Vera durch. »Warum meldet sie sich nicht? Ich habe mehrmals versucht sie zu erreichen.«

»Wir hatten mehrmals keinen Empfang…«

»Und wo ist sie jetzt?«

»Na, Zuhause.«

»Da meldet sie sich auch nicht«, schmetterte Vera ungläubig zurück.

»Ich habe L..« Er verschluckte den Rest vom Namen. »Eben dort abgeliefert... bestimmt.«

»Haben Sie meine Tochter gerade Liz genannt?«, empörte sich Vera.

»Nei... nein«, stammelte Maik und hätte sich in dem Moment für seine Unbedachtheit selber ohrfeigen können, »das würde ich mir nie erlauben«, beteuerte er.

»Na schön«, gab sich Vera zufrieden, »dann werde ich es dort nochmal versuchen«, giftete sie und unterbrach die Verbindung.

Um den Vertrag in Sicherheit zu bringen blieb Maik nun gar nichts anderes übrig, als nochmals zu Liz zu fahren. Hoffentlich war sie schlau genug, sich nicht selber zu verraten, wenn ihre Mutter nach dem Verhandlungsergebnis fragte, was ihn dann auch noch als Lügner entlarvte.

Als Maik erneut an Liz' Haus vorfuhr, waren die Straßen schon wieder weiß bedeckt, also ließ er Eile walten, um schleunigst wieder den Weg zu seinen Eltern aufnehmen zu können.

Mit der Aktentasche unterm Arm sprang er die Stufen hinauf und drückte die Klingel.

Liz erhielt den Anruf ihrer Mutter, als sie sich im Bad gerade die Haare föhnte, nachdem sie sich kurz abgeduscht hatte. Zunächst ließ sie das Gerät uninteressiert klingeln, aber der Anrufer erwies sich als hartnäckig, also zog sie sich ihren Bademantel über, wanderte in die Diele und nahm das Gespräch an.

»Verdammt Elisabeth«, dröhnte ihr Veras aufgeregte Stimme entgegen, »wieso meldest du dich nicht zurück, und wieso kannst du deine Sachen nicht zusammenhalten?«

Liz stockte einen Moment und grübelte. Sachen? durchfuhr es ihre Gedanken, wobei ihr heiß einfiel, dass ihre Aktentasche noch im Wagen lag. »Hey Mam«, grüßte sie erst einmal verängstigt und warf sich gedanklich ihre Nachlässigkeit selber vor, »was für Sachen?«, gaukelte sie dann die Ahnungslose vor.

»Ich habe versucht dich übers Handy zu erreichen«, erklärte Vera aufgebracht, »aber das liegt noch im Wagen. Ich habe gerade mit Maik geredet.«

Fürs Erste atmete Liz beruhigt auf. »Na ja, ich habe es halt liegenlassen«, spielte sie ihre Zerstreutheit herunter.

»Das ist einfach schluderisch!«, schimpfte Vera.

»Meine Güte«, entgegnete Liz und hoffte, dass Maik nicht zu viel verraten hatte, »es ist bloß ein Handy und bei Maik gut aufgehoben.«

Vera atmete tief durch und beruhigte sich. »Was ist mit dem Vertrag?«

»Alles gut«, sprudelte es aus Liz hervor.

»Ich möchte ihn gerne sehen«, beharrte Vera, »ich könnte gleich vorbeischauen.«

Nein, ärgerte sich Liz innerlich. »Ach Mutter«, jammerte sie und spielte die Erschöpfte, »gönn mir doch ein wenig Ruhe. Wir mussten die letzte Nacht in einer Hütte verbringen, und da gab es nicht viel Schlaf.«

Das Klingeln an der Tür unterbrach Liz.

»Du, da ist jemand an der Tür«, lenkte Liz ab, steuerte darauf los und betrachtete den kleinen Monitor, der in der Garderobe hing, von der Überwachungskamera am Eingang. Erleichtert sackte sie zusammen und fast im selben Moment riss sie die Tür auf. »Maik«, entfuhr es ihr befreit und sie achtete gar nicht so sehr auf die Aktentasche, die ihr Maik entgegenstreckte, »dass du da bist.« Sie betrachtete ihn und lächelte dankbar. »Du bist meine Rettung«, hauchte sie ihm entgegen und wie durch einen Zwang heraus trat sie an Maik heran, zog sich an ihm hoch und küsste ihn zaghaft, »danke«, flüsterte sie und verwirrte Maik damit; und wie er sie so verstört anstarrte, wusste Liz mit einem Mal, dass ihr jetzt und hier die Chance geboten wurde, ihr Leben zu ändern. Von diesem Gedanken gefangen, kam ihr nichts besseres in den Sinn als zu sagen: »Ich finde, wir sollten heiraten.«

Perplex griff Maik nach Liz Arm, der um seinen Hals lag und scheute etwas zurück. »War das jetzt ein Antrag?«, hakte er verunsichert nach, worauf Liz zögernd mit ihrem Mundwinkel zuckte.

»Ich finde, wir passen doch gut zusammen«, befand sie und bevor Maik einen Einwand einlegen konnte, zog sie sich wieder an ihn heran und küsste ihn erneut. Diesmal richtig. Maik besaß in dem Moment nicht die Kraft sich dagegen zu wehren.

»Elisabeth!«, rief sich Vera in Erinnerung, »wer heiratet?«

Aufgerüttelt zucken beide zusammen und schmunzelten sich schelmisch an, wie zwei ungezogene Kinder, die aber nicht im geringsten ihr Handeln bereuten. Eher im Gegenteil. Unbeirrt zog Liz Maik in den Flur, gab der Tür mit ihrem nackten Fuß einen Tritt, dann nahm sie Maik die Aktentasche ab und warf sie achtlos auf eine kleine Bank unter der Garderobe.

Und erst jetzt, wo Maik ein wenig Abstand zu Liz gewonnen hatte, meldeten sich Bedenken bei ihm, auch war er ziemlich durcheinander. »Bist du da nicht ziemlich voreilig?«

»Ach Maik«, stöhnte Liz enttäuscht, »wir kennen uns doch schon so lange... und wir vertrauen einander. Wir sind das ideale Paar.«

»Elisabeth!«, rief Vera erneut dazwischen, »was ist da los bei dir?«

Überzeugt legte Liz wieder ihren Arm um Maiks Hals. Das Telefon hielt sie immer noch in der Hand und küsste ihn wieder. Nun warf Maik alle Zweifel über Bord. Er drückte Liz fest an sich und küsste sie mit aller Leidenschaft. Schwer atmend schaute er sie dann an. Nein, fuhr es ihm durch den Kopf, es war weit mehr als nur gegenseitiges Vertrauen, er liebte Liz; und das nicht erst seit gestern, aber ihre Begründung verunsicherte ihn schon ein wenig, es klang mehr nach einem Deal.

»Klingt nach einem Geschäft, was du mit mir abschließen willst«, warf er mit leisem Ton Kritik ein.

Liebevoll lächelte Liz. »Natürlich«, entgegnete sie dann nüchtern, »eine Ehe ist nun mal ein Vertrag, der auf Vertrauen aufgebaut ist.«

»Und Zuneigung«, warf Maik ein.

»Im besten Falle...«, bestätigte Liz und lachte glücklich, was auch ein wenig Fassungslosigkeit bei ihr auslöste. Warum war ihr bisher nie aufgefallen, dass Maik und sie füreinander bestimmt waren? Sie kam nicht dazu diesen Gedanken fortzuführen.

»Na schön«, stimmte Maik zu und lachte ebenso glücklich zurück, weil er merkte, dass Liz nicht nur taktisch handelte, »unter diesen Voraussetzungen stimme ich zu.« Plötzlich nachdenklich kniff er seine Augen zusammen. Da gab es allerdings etwas, das lag ihm schwer auf dem Herzen. »Aber das eine sag ich dir, die Kinder erziehen wir selber...«

»Kinder?«, erwiderte Liz perplex.

»Ja«, entgegnete Maik selbstverständlich, »Kinder.«

»Was für Kinder?«, rief Vera in das Gespräch rein, »Elisabeth! Verdammt! Was ist da bei dir los?«

Genervt verzog Maik sein Gesicht, fasste nach Liz' Hand, in der sie das Telefon hielt und betrachtete dieses Gerät absonderlich. »Sag mal, wer nervt denn da so?«

»Maik?«, rief Vera verwirrt, was Liz erwog den Hörer wieder ans Ohr zu nehmen.

»Du Mama, wir sehen uns morgen.«

»Elisabeth!«, rief Vera energisch, doch zwecklos. Liz hatte von da ab nur noch Augen für Maik und hauchte nur noch einen knappen Satz in die Muschel.

»Du Mama, ich stecke gerade in einer ganz wichtigen Verhandlung.« Dann unterbrach sie das Gespräch, warf das Telefon auf die Aktentasche und widmete sich dann ganz und gar nur noch ihrer großen Liebe.

Genau ein Jahr später

Eine Limousine durchfuhr das aufwendige Einfahrtsportal des Hotels »Eifelblick« und kam langsam an das Gebäude vorgefahren.

Der "Eifelblick" gehörte zu einem sehr renommierten Hotel in der Gegend um den Laacher See herum. Seit einem halben Jahr mit Jens und Julia als neue Besitzer.

Liz parkte den Wagen, auf dem ihr reservierten Parkplatz, nahe dem Hoteleingang und ließ den Motor verstummen. »Da sind wir«, verkündigte sie und schaute Maik von der Seite an. Sie war froh, dass die Straßen schneefrei waren und sie mühelos das Hotel erreichen konnten.

»Bin gespannt, ob wieder irgendwelche Überraschungen auf uns lauern«, bemerkte Maik spitz.

»Ich denke«, konterte Liz überzeugt, »dass von Julia und Jens dieses Jahr keine Gefahr ausgeht.« Und diese Überzeugung konnte sie getrost vertreten. Immerhin stand Liz ihnen bei der Firmengründung mit Rat und Tat zur Seite und räumte ihnen eine günstige Finanzierung ein. Als

Dank dafür hatten Julia und Jens die gesamte Familie Saunders und Storm zum Weihnachtsfest eingeladen. Für alle hielten sie sogar Zimmer bereit, damit niemand mehr den Weg nach Hause antreten musste. Bei aller Dankbarkeit hielt Liz dies jedoch als sehr übertrieben, aber Jens ließ sich nicht davon abbringen. Es sollte als Entschädigung dienen für seine Boshaftigkeit im vergangenen Jahr und als Dankeschön für ihre gute Beratung und Finanzierung bei der Firmengründung.

Maik hingegen blieb skeptisch. »Es gibt genug andere Leute, die für Stress sorgen können.« Er drehte seinen Kopf und schaute auf die Rückbank und betrachtete das kleine Wesen, was in einer Sitzschale gesichert schlummerte. »Unsere Süße schläft ja immer noch«, bemerkte er erstaunt.

»Ist ja auch ein liebes Baby«, protzte Liz, »ganz die Mutter.«

Maik ließ das so im Raum stehen, und in der Tat gehörte die kleine Emma zu den Engeln unter den Babys, aber ob sie das von Liz hatte...?

Drei Monate war sie nun alt und bereitete ihren Eltern große Freude. Selbst Vera zeigte sich sehr vernarrt in die Kleine, obwohl sie anfangs der Beziehung zwischen ihrer Tochter und Maik sehr feindselig gegenüberstand, aber als Liz sogleich von ihm schwanger wurde, kam ihr die Einsicht, dass sie sich mit Maik arrangieren musste. Emil hingegen hatte die Sache schon längst auf sich zukommen sehen.

Seit Emma geboren wurde, zog sich Vera gänzlich aus der Firma zurück und widmete sich sehr oft ihrer Enkelin. Obwohl sich Liz gut durchorganisiert hatte und auch ihre Termine familiengerecht einrichtete und extra dazu neben ihrem Büro ein kleines Kinderzimmer errichten ließ, kam Vera jeden Tag ins Büro und holte Emma zum Spazierengehen ab. Stolz schob sie dann den Kinderwagen durch die Stadt und traf sich mit Freundinnen, um ihr Enkelkind vorzuführen.

Auch Maik ging in seiner Vaterrolle voll auf, und genau wie er es sich selber auferlegt hatte, kümmerte er sich um Emma. Nach bravourös abgeschlossenem Meisterkurs und jetziger Leiter der Kfz-Werkstatt, waren ihm nun zwei Angestellte unterstellt, die ihm ermöglichten seine Freizeit flexibel gestalten zu können, was ihm sogar noch die Möglichkeit bot Liz mit samt Töchterchen selber zu den Meetings zu fahren, so war die Familie sogar sehr oft zusammen.

Plötzlich klopfte jemand an die Beifahrertür und öffnete sie dann. Jens stand am Wagen und begrüßte Maik per Handschlag.

»Hey«, rief er in den Wagen, »die anderen warten schon.«

»Ja«, musste Maik zugeben, »wir sind etwas spät dran.«

»Mit Kind zu reisen, stellt Eltern immer wieder vor unerwartete Gegebenheiten«, scherzte Liz und musste daran denken, dass sie schon ein Stück gefahren waren, als ihnen einfiel, dass sie die Babynahrung vergessen hatten.

Gemeinsam mit einem Bediensteten half Jens das Gepäck ins Hotel zu bringen, so dass Liz und Maik sich um die Tochter kümmern konnten und als Maik mit der Babyschale, in der Emma gut eingehüllt in einer flauschigen Decke lag, die Lobby betrat, kam gleich Julia auf ihn zu mit einem Wagen, der eigens für Babyschalen konstruiert worden war, so dass Maik die kleine Emma bequem, wie mit einem Kinderwagen, bewegen konnte, die ungerührt und friedlich alles über sich ergehen ließ; und auch als Julia ihr die Decke wegzog, um sie genauer betrachten zu können, blieb Emma freundlich und strampelte eifrig.

Dann begrüßten sich die Frauen herzlich. Im vergangenen Jahr hatte sich zwischen ihnen eine kleine Freundschaft entwickelt.

»Deine Eltern sind schon im Salon«, teilte Julia mit, »und die anderen auch.« Verzagt schob sie ihre Schulter hoch. »Die ich nicht kenne.« Womit sie alle anderen Familienmitglieder, seitens Liz und Maik meinte.

Um die Familie nicht länger warten zu lassen, marschierte Liz gleich voran und Maik folgte ihr mit Emma. Den Weg kannte Liz sehr gut von den vielen Besichtigungen, die sie mit Jens absolviert hatte, um einen genauen Überblick über das Gebäude zu erhalten, um letzten Endes einen guten Preis mit den Vorbesitzern auszuhandeln. Was Liz am Ende auch gut gelungen war.

Von weitem hörte Liz schon die tobenden Kinder von Maiks Schwester, was sie auflachen ließ und ihr Tempo beschleunigen. Ihre Stimmung wurde von flotter Weihnachtsmusik, die aus dem Salon drang noch beflügelt und der glitzernde Weihnachtsbaum, von dem sie schon ein paar Zweige erhaschen konnte, komplettierte ihre Freude auf den gemütlichen Abend.

Vor der Tür gewährte Liz Maik den Vortritt, der dann stolz mit der kleinen Emma vorfuhr. Das kleine Geschöpf strampelte eifrig und stieß einen Laut aus, was Vera gleich aus ihrem Sessel trieb und auf Maik zueilen ließ, den sie nur knapp begrüßte und ihm das Baby entführte. Liz ließ sie völlig außer Acht.

»Hallo Mama«, grüßte Liz matt, »hab dich auch lieb«, murmelte sie neidisch und beobachtete, wie Vera den Wagen erhaben an die Sitzgruppe vorfuhr. Obwohl alle Beteiligten das kleine Geschöpf schon mehrmals gesehen hatten scharten sie sich alle um den Wagen.

Maik legte tröstend seinen Arm um Liz und zog sie an sich heran. »Sieh es deiner Mutter nach«, riet er überspitzt, »du bist halt nicht mehr so niedlich.«

Mit einem Lachen nahm Liz seinen Scherz auf und betrachtete Vera, wie sie mit großem Glücksempfinden, das man ihr deutlich ansah, Emma aus der Schale hob, sie behutsam im Arm wog und allen der Reihe nach präsentierte. Und als Liz genauer hinsah, glaubte sie einer Sinnestäuschung zu erliegen. Opa Alfred und Oma Elfie standen friedlich nebeneinander und schenkten gemeinsam ihre Aufmerksamkeit ihrer Urenkelin.

Perplex und mit offenem Mund wandte sich Liz Maik zu, der ebenso verstört glotzte. »Träume ich das?«, fragte Liz verwirrt nach und erhielt von Maik ein ebenso verunsichertes Schulterzucken.

Plötzlich legte jemand von hinten seine Hände auf beider Schultern ab und drängte sich zwischen sie. Abwechselnd schaute eine Frau mit liebem Lächeln die beiden an. Eine gestandene Frau Ende fünfzig mit kurzen dunkel gefärbten Haaren.

»Ihr träumt nicht«, sagte sie mit sanfter Stimme.

Nun noch mehr verwirrt, schaute Liz die vertraute Stimme neben ihr genauer an. »Marianne?«

»Ja, meine Liebe«, antwortete sie und drückte Liz liebevoll an sich.

»Dass sie dich rein gelassen haben«, wunderte sich Liz.

»Wunder gibt es immer wieder«, züngelte Marianne leise und deutete auf Liz' Mutter und Oma Elfie, »na ja«, fing sie im herablassenden Ton eine Erklärung an, »sie wollen vor dem Enkel die perfekte Familie vorspielen; da haben die heimlichen Treffen zwischen dir und Alfred keinen Platz, also einigte man sich, sich zu arrangieren.«

Verwundert musste Liz kurz auflachen. »Klingt wie eine harte Verhandlung.«

Marianne lächelte gütig und schaute versonnen zur Gruppe hinüber. »Klingt schlimmer, als es ist«, sagte sie abwesend, »Elfie hat halt eingesehen, dass ihr Verhalten Alfred gegenüber einfach nur töricht war.«

Nun mischte sich Maik ein, der sich doch schon sehr wunderte. »Habt ihr Elfie einer Gehirnwäsche unterzogen?«

Liz wollte schon auf Maiks freche Bemerkung einen Kommentar abgeben, kam aber nicht dazu. Vera kam auf sie zugewatschelt, die verzückt ihre Arme ausbreitete und Liz in den Arm nahm. Für Marianne war hier der Zeitpunkt erreicht, besser wieder ihren Platz im Salon einzunehmen.

»Elisabeth«, schmetterte Vera ihr entgegen, »die Kleine hat sich ja so toll gemacht«, schwärmte sie, als habe sie Emma lange Zeit nicht mehr gesehen.

Gelangweilt stöhnte Liz. »Mama«, nannte sie Vera gewichtig, »so stark kann sich Emma nicht entwickelt haben, du hast sie vor drei Tagen erst gesehen...«

»Da siehst du mal, was die Kinder in dem Alter für eine rasende Entwicklung durchmachen«, ließ sich Vera von ihrer Meinung nicht abbringen, dann schaute sie unter bedauerndem Seufzen Liz und Maik abwechselnd an, »und wenn ihr euch nun endlich entschließen könntet zu heiraten, wäre die Familie perfekt.«

Auf diese Thematik waren Liz und Maik vorbereitet, denn die kam jedes Mal auf, wenn sich die Familie traf. Mit hinterlistigem Grinsen wandten sich Liz und Maik zu und streckten dann zeitgleich ihre Hände vor, wo jeweils ein Ring die Hand schmückte.

»Oh«, stieß Vera freudig aus und hielt sich verzückt ihre Wangen, »ihr habt euch verlobt, das ist ja schon einmal ein Anfang.«

»Nein«, dementierte Liz, »geheiratet.«

Vera nahm den Ernst der Lage gar nicht wahr und brachte einen Einwand vor. »Ihr tragt die Ringe dann an der falschen Hand.«

»Nein«, widersprach Liz, »wir tragen die Ringe beabsichtigt links.«

»Na schön«, gab Vera nach, »mir doch egal, wie ihr eure Eheringe tragt..« Sie wurde stutzig. »Eheringe?«, wiederholte sie ungläubig.

»Ja«, antwortete Liz laut und deutlich mit einem ausgiebigen Nicken.

Entsetzt schob Vera ihre Brauen zusammen. »Ihr habt doch nicht etwa... ohne uns...?«

Maik legte vertrauensvoll seine Hand auf Veras Schulter und nickte ihr zu. »Wir wollten keinen Trubel.«

Vera kriegte sich gar nicht ein. »Ja... aber... wer ist denn dann Trauzeuge?«

»Ach die kennst du nicht«, winkte Liz gleichgültig ab, »wir haben sie auf der Straße angesprochen.« Sie sah, wie Julia mit einem Tablett Sekt auf die Sitzgruppe herantrat. Ohne sich auf weitere Erklärungen einzulassen, steuerte Liz auf die Sitzgruppe zu und nahm sich ein Glas herunter.

»Elisabeth!«, rief Vera ihr empört nach, »lass mich hier nicht so stehen.« Aber Liz überhörte sie.

Mahnend schaute Julia Liz an, als sie nach einem Glas griff. »Musst du nicht stillen?«

»Nein«, antwortete Liz schmunzelnd und nippte an ihrem Glas, »das Kapitel ist abgeschlossen.«

Mit verschmitztem Grinsen stieß Maik Vera an, die sich kaum einkriegen konnte. »Komm«, forderte er sie auf, »Schwiegermutter«, setzte er überspitzt nach, »lass uns einen Cognac kippen.«

»Ja.. aber..«, stammelte Vera und schaute hilfesuchend zur Sitzgruppe hinüber, »wollt ihr's den anderen denn nicht sagen...?«

»Später«, antwortete Maik gelassen, und führte Vera an eine kleine Theke, die im Saal stand und bestellte zwei Drinks bei Jens, der die Bedienung an dem Abend persönlich übernommen hatte.

»Aber ich habe noch nie Cognac getrunken«, wehrte sich Vera, doch Maik drückte ihr einfach den Schwenker in die Hand und ließ ihr keine andere Wahl.

»Dann wirst du eben jetzt damit anfangen.«

Liz hingegen setzte sich auf eine Sofaarmlehne direkt neben ihrem Opa Alfred, dem sie zuvor einen fetten Begrüßungskuss auf die Wange gedrückt hatte. Und als sie so neben ihm saß und durch die Runde blickte, die sich allesamt um Marianne scharten, die nun die kleine Emma in ihren Armen hielt, wurde ihr ganz warm ums Herz, weil schöne Kindheitserinnerungen bei ihr geweckt wurden; und ihre Erinnerungen an das vergangene Weihnachtsfest kamen ihr mit einem mal gar nicht mehr so chaotisch vor. Eher glaubte sie an Schicksal, das ihr Leben von da ab stark verändert hatte. Nicht nur, dass sie an Weihnachten mit Maik zusammen kam. Allen Berechnungen nach ist auch Emma am ersten Weihnachtstag entstanden und stand nun symbolisch als Patin für »das Fest der Liebe«. Emma bewirkte sogar noch mehr, was für Liz beinahe an ein Wunder grenzte. Sie schweißte die Familie zusammen, so dass sie friedfertig nebeneinander saßen und all den Hass endlich aus den Köpfen verband hatten; und ohne dass über Geschäfte geredet wurde.

Seither betrachtete Liz das Weihnachtsfest als die schönste Erfindung, die jemals ins Leben gerufen wurde.

Ende

Bibliografische Information der Deutschen Nationalbibliothek:
Die Deutsche Nationalbibliothek verzeichnet diese Publikation
in der Deutschen Nationalbibliografie; detaillierte bibliografische
Daten sind im Internet über dnb.dnb.de abrufbar.

Herstellung und Verlag: BoD – Books on Demand, Norderstedt

ISBN 978-3-7481-4946-0